中外动物小说精品

我从 20 世纪 80 年代初开始写动物小说，已历时三十多载。我始终坚信，动物小说是最适合青少年阅读的文体。动物小说描写生命的传奇，揭示生命的奥秘，追问生命的真谛，感悟生命的内涵，拷问生命的灵魂，其实质就是生命文学。我常常为动物所表现出来的独特的生存方式而着迷，常常为动物行为所展示的奇特生命哲学而震惊。我希望通过传奇故事这种载体，将动物独特的生存方式和奇特的生命哲学告诉亲爱的读者，让他们获取精神成长的正能量，面对复杂多变的社会人生，变得更坚强、更勇敢、更自信。

沈石溪

动物是人类的一面镜子，

人类所有的优点和缺点，

几乎都可以在不同种类的动物身上找到。

动物小说折射的是人类社会，
动物所拥有的独特的生存方式和生存哲学，
应该引起同样具有生物属性的人类思考和借鉴。

每个孩子都可以从动物伙伴的身上，
学到成长的道理。

中外动物小说精品（升级版）

海岛狂鲨

沈石溪_等 著

时代出版传媒股份有限公司
安徽少年儿童出版社

图书在版编目（CIP）数据

海岛狂鲨 / 沈石溪等著. — 合肥：安徽少年儿童
出版社，2022.5（2023.5重印）
（中外动物小说精品：升级版）
ISBN 978-7-5707-1224-3

Ⅰ.①海… Ⅱ.①沈… Ⅲ.①儿童小说 – 中篇小说 –
小说集 – 世界②儿童小说 – 短篇小说 – 小说集 – 世界
Ⅳ.①I18

中国版本图书馆CIP数据核字（2021）第209612号

ZHONGWAI DONGWU XIAOSHUO JINGPIN SHENGJIBAN HAIDAO KUANGSHA

中外动物小说精品（升级版）· 海岛狂鲨　　　　　　　　沈石溪等　著

出 版 人：张 堃　　　　总 策 划：上海高谈文化　　　策划统筹：阮 征
责任编辑：姜媛苑　　　　责任校对：冯劲松　　　　　　责任印制：朱一之
出版发行：安徽少年儿童出版社　E-mail：ahse1984@163.com
　　　　　新浪官方微博：http://weibo.com/ahsecbs
　　　　　（安徽省合肥市翡翠路1118号出版传媒广场　　邮政编码：230071）
　　　　　出版部电话：（0551）63533536（办公室）　63533533（传真）
　　　　　（如发现印装质量问题，影响阅读，请与本社出版部联系调换）
印　　制：安徽新华印刷股份有限公司
开　　本：635 mm × 900 mm　　1/16　　印张：14.5　　插页：4　字数：150千字
版　　次：2022年5月第1版　　　　　　2023年5月第3次印刷

ISBN 978-7-5707-1224-3　　　　　　　　　　　　　　　　定价：22.00元

序：动物小说的灵魂

沈石溪

20世纪上半叶，西方生物学派生出一门新的边缘学科——动物行为学。传统生物学与动物行为学在学术观念、观察角度、研究手段和考察方法等方面都有显著差异。传统生物学注重被研究者的共性，热衷于调查物种的起源、种群分布的情况，给形形色色的动物分门别类，根据动物的生理构造和特化器官，确定该归于什么纲什么目什么类什么科什么属；分析动物的食谱，解释某种动物与某种环境的依存关系；观察动物的发情时间与交配方式，了解动物的繁殖机制等。动物行为学家对动物的社会结构、情感世界和个体生命的表现投注了更多的研究热情，透过动物特殊的行为方式，从生存利益这个角度，来寻找产生这些行为的原因；在研究动物行为的同时，其严肃、理性的目光也注视着人类的行为，在动物行为与人类行为之间勾画出一条清晰可辨的精神脉络，给人类以外的另类生命带去温暖的人文关怀。

我喜欢读动物行为学方面的书。每当偷得浮生半日闲，躺在摇椅上，捧一杯清茶，翻开奥地利动物学家、诺贝尔生理学或医学奖获得者、动物行为学创始人康拉德·劳伦兹的《攻击与人性》，或者浏览美国生物学家、动物行为学先锋斗士E.O.威尔逊的名著《昆虫的社会》，我总是深深地被大师们严谨的学风、渊博的知识、犀利的目光、翔实的资料、风趣的语言和无可辩驳的论点所折服，心灵上受到强烈震撼，精神上产生巨大共鸣。我相信，动物行为学具有无限广阔的发展前景，能找出人类行为发生偏差的终极原因，是医治人类社会种种弊端的灵丹妙药，为人类把握正确的进化方向提供了牢靠的坐标。

这也许是我个人的偏爱，有点言过其实了。可动物行为学家们通过长期观察动物生活得到的许多例证，确实对人类社会具有振聋发聩的作用。

例如，关于大熊猫为什么会濒临灭绝，一般认为有两个原因：一是人类大量开荒种地破坏了大熊猫的生存环境；二是大熊猫食谱单一，只吃箭竹，属于适应性较差的特化动物。但动物行为学家却另辟蹊径，经过大量调查研究后认为，大熊猫濒临灭绝除了环境和食谱外，还有另外两个原因：第一，大部分动物都有巢穴，尤其是母动物产崽期间都要寻找一个隐蔽、安全的地方当作自己的窝，而大熊猫是典型的流浪者，头脑中没有"家"的概念，它们追随食物四处游荡，吃到哪里睡到哪里，产崽育幼期的母熊猫也同样如此，颠沛流离的生活对刚刚出生的幼崽来说显然是有害无益的，风餐露宿，再加上食肉动物的侵害，幼崽存活的概率很小；第二，丛林里凡生存能力不是特别强，而幼崽又须经过很长一段时间精心养育才能独立生活的动物，如狼、豺、狐、獾、鼠和鸟类等，大多实行双亲抚养制，雄性和雌性厮守在一起，共同养育后代，而大熊猫生性孤僻，雌雄间感情淡漠，各奔东西，谁也不认识谁，清一色的单亲家庭，母熊猫单独挑起抚养幼崽的重担。母熊猫通常一胎产双崽，但过的是没有窝巢的流浪日子，不可能一条胳膊抱一只幼崽走路，又没有配偶替它分担困难，所以只能在两只幼崽中挑选一只抱走，另一只幼崽就被遗弃荒野了。单身母亲的日子过得很艰难，遭遇危险时找不到帮手，头疼脑热时得不到照应，稍有不慎，唯一的幼崽便会夭折，繁殖后代、延续生命的链条就此断裂。

反观人类社会，许多人不珍惜温馨的家，把家看作累赘，把家看作牢狱，弃家不顾、离家出走、天涯飘零，去过所谓的潇洒生活，面对大熊猫濒临灭绝的事实，难道还不该及时醒悟吗？再看如今社会上越来越多的单亲家庭独木难支的困窘，是不是也该从大熊猫生存路上艰难的步履中吸取某种教训？

在动物面前，人类常常犯自高自大的错误。人类有一种根深蒂固的偏见，总认为自己是高等生灵，动物都是低等生灵；自己是天地间的主宰，动物是任人摆布的畜生。不错，人类是地球上进化最快的一种动物，会直立行走，会使用语言文字，用勤劳的双手和智慧的头脑创造出了无与伦比的现代文明。然而，人是由动物进化来的。地球上存在生命已有数亿年时间，人类的历史不过几千年，人这种动物在进化成人以前曾经过漫长的动物阶段，动物的本能、本性在人类身上根深蒂固，人类不可能在几千年短暂的进化过程中就把在数亿年中养成的动物性荡涤干净。科学家证实，文化属性与生物属性是构成人的行为的两大要素。人的一部分行为受制于社会大文化，传统势力、伦理道德、风俗习惯、政治说教、宗教戒条、法律法规、民情民风、乡规民约不断修正和规范你的所作所为，迫使你去做这件事而不去做那件事，这就是人类行为的文化动因。人的另一部分行为受制于生物本能，贪婪好色、权欲熏心、天性好斗、自私自利、妄自尊大、好逸恶劳、贪图口福、嫉妒心理等负面因素又时时让你产生难以抑制的冲动，驱使你去做那件事而不去做这件事，这就是人类行为的生物动因。假如某人的行为既出于合理的生物本能，又符合社会大文化的要求，那么他就是一个真实、自然的好人；假如某人的行为完全抑制生物本能去迎合社会大文化的苛刻要求，存天理灭人欲，那么他就是一个虚伪矫情的假人；假如某人的行为放纵生物本能，弃社会大文化于不顾，他就是一个凶残狠毒的坏人。有一个观点认为，人类一半是天使一半是魔鬼，讲的就是这个道理。

人和动物之间并不存在不可逾越的鸿沟，人和动物之间的差别也并没有我们想象的那么大。在某些领域，人和动物的差距是微乎其微的。稍有不慎，人就有可能变得像动物一样，甚至还不如动物。

我们只要用心去观察，就不难发现，在情感世界里，在生死抉择关头，许多动物所表现出来的忠贞和勇敢，常常令我们人类汗颜，让我们自愧弗如。

这就是动物小说的灵魂，这就是动物小说能超越时间和空间，为世界各地不同民族、不同肤色的一代又一代读者所喜爱的原因。

是为序。

目　录

睡蟒边的雪兔

沈石溪

动物园里饲养的野生动物，并非个个都像大象、犀牛那样属于珍稀类，也并非每种动物都像老虎、豹子那样身价金贵。就像股票市场，既有价格很高的蓝筹股，也有相当便宜的低价股。就说雪兔吧，购进时价格低廉，观赏性差，很不得员工重视，被看作是一种点缀，是可有可无的展览品种。

　　昆明圆通山动物园大前年用一只雌白鹇鸟从北京动物园换回四对雪兔，关养在一间十几平方米的笼舍内。雪兔的夏毛为浅棕色，冬毛变换为白色，耳尖镶了一圈黑毛，除此之外，其他生理特征与家兔相似。

　　雪兔是一种繁殖率很高的动物，一年产两或三窝，每窝两到十只兔崽，幼兔长到九个月后即可配种。既没有天敌袭扰，又没有疾病侵害，雪兔的数量呈几何级数增长，雪兔家族如滚雪球般地壮大。仅仅两年的时间，就发展到一百多只，小小的笼舍兔满为患。

　　雪兔虽然也被列为二级保护动物，但价值不大，养得多了，纯粹浪费饲料，增加动物园的经费支出。于是，动物园便挑出一些年老体弱的雪兔，去投喂食肉类动物，一来可以缓解兔舍拥挤不堪的问题，二来也能降低食肉类动物的喂养成本。

离兔舍五六十米，有一间三十来平方米的玻璃笼舍，里头养着一条蟒蛇。这是一条黑尾蟒，身上有黑色云状斑纹，腹围足有六十厘米，身长达五米。蟒蛇天生听不见，靠鲜红的叉形芯子一伸一缩来嗅闻气味和感觉四周的动静，爱吃活物，拒食死物。

　　多余的雪兔正好可以用来喂这条珍贵的黑尾蟒。成年雪兔每只重五六斤，刚好够这条大蟒蛇饱餐一顿。

　　动物进食规律各不相同，蚕短暂的一生中的大部分时间都在吃桑叶，鼠类一天要吃十几顿，大部分灵长类动物一天要进食两或三次，豺狼虎豹一天吃一次就差不多够了。而蟒蛇却很特别，饱餐一顿后，可以十天左右不吃不喝，缠绕在树枝上或盘踞在草地上睡大觉。

　　员工为了省事，一般都事先将雪兔扔进蟒舍，以便黑尾蟒睡醒后觉得肚子饿了的时候，可以随时吞食。也就是说，被扔进蟒舍的雪兔，要在睡蟒身边生活，多则十天，少则三五天。打个不恰当的比喻，这些被当作蟒蛇饲料的雪兔，自打进入蟒舍那一刻起，其实就被判处了死刑，无非是早几天执行和晚几天执行的问题。

　　陆陆续续已经有二十来只雪兔葬身蟒腹了。

　　我注意观察了一下，大部分雪兔被扔进蟒舍后，一闻到蟒蛇的腥味，一看到两只因为没有眼睑，所以睡觉时也不会闭拢的冰冷的蛇眼，便吓得魂飞魄散。它们先是乱蹦乱跳，继而沿着玻璃墙壁撒腿狂奔，企图逃离危险。这当然是徒劳的，用不了一会儿，这些倒霉的雪兔就筋疲力尽，口吐白沫瘫倒在地。它们终于明白，自己纵有天大的本事，也休想从这透明的玻璃蟒舍逃出去。它们往往蜷缩在离睡蟒最远的一个角落里，用一双惊恐不安的兔眼盯着睡蟒，睡蟒伸个懒腰或调整一下姿势，它们就拼命往草丛里钻，浑身縠觫（hú sù）①，表现出死刑犯被押赴刑场前的垂死挣扎状。它们几乎不吃不喝不睡觉，三两天后便奄奄一息，有的甚至还没等睡蟒醒来，便已衰竭倒毙。我目睹了好几次黑尾蟒进食时的情景，它根本不用追捕，也不必像在野外那样劳心费神地先用长长的蛇身子将猎物缠住勒死，只消甩动尾巴、打着哈欠，悠闲地爬过去，就能很轻松地将雪兔咬住并吞咽进肚。

这是死刑犯普遍的精神状态。当黑色的死亡阴影压迫着灵魂，心中便会产生一种沮丧和绝望的情绪。不愿意死却又不得不死，那滋味确实不好受，整个脑袋塞满了恐惧，已不知道饥饿和疲倦。求生的意志一旦冷却到冰点，精神必然处于一种麻木状态，除了等死，无所作为。

也有几只雪兔被扔进蟒舍后，一反常态，整天埋头吃东西，吃完了员工喂的饲料，又吃草地上的青草，再啃蟒舍中央那根供黑尾蟒攀爬的一人高的树桩，嘴一刻也不停，好像饥饿了一百年，恨不得把全世界都吃进肚去。再注意看这些雪兔的眼睛——呆滞迟钝，黯然无光，不会转动，死气沉沉。

这也是死刑犯典型的心理反应。看起来挺坚强，还大

---

①縠觫：因恐惧而发抖。

吃特吃，显得无所谓，其实不过是在用饕餮之相掩盖其空虚的心灵。彻底绝望的另一种表现形式——抓住生命的最后时刻，尽情享受生活。然而，等死的心情早已麻木了味觉器官，即使咽得进去，也味同嚼蜡。最后的晚餐，就算摆满了山珍海味，又有谁真正感兴趣呢？

还有一只雪兔，进了蟒舍后，萎靡了两天，突然变得兴高采烈，蹦蹦跳跳地在笼舍里捉蝴蝶。哦，那是因为高度的紧张和极度的恐惧导致精神崩溃了。睡蟒醒来后，刚刚朝它张开巨嘴，它就稀里糊涂地跳过去，一头扎进黑洞洞的蟒嘴。这倒好，舍身喂蟒，让黑尾蟒吃起来更轻松、更省事。

我想，生命是脆弱的，弱小的生灵尤其如此，当面对死亡，它们胆怯的心态暴露无遗。

可有一天，当一只耳朵特别大——我们姑且称它为"大耳朵"的母兔被扔进蟒舍后，却出现了让我终生难忘的情景，改变了我对弱小生灵的看法，扭转了我对生命的理解。

大耳朵母兔刚被关进蟒舍时，同其他雪兔一样，惊慌失措，胡乱窜逃，寝食不安，缩在角落簌簌发抖。但第二天，它就显出了自己的与众不同。它小心翼翼地围着睡蟒转了两圈，凝思了片刻，便在水池边选了一块湿地，开始挖洞。它用前爪掘起土，后爪将土甩到身后，动作协调，有条不紊。一看就知道，这只大耳朵母兔已从最初的震惊中恢复过来了。

雪兔有挖洞的本领，但并不高强，在野外时，它们一般都找寻现有的洞穴，或者借用穿山甲废弃的窝，在此基础上修建改造一番，就算作自己的兔巢了。要在坚硬的山土上打一个能躲避蟒蛇袭击的洞，谈何容易啊。它除了进食睡觉，整天就是挖呀挖，两天以后，才挖了三四十厘米深，刚钻得进半个身体。这时，蟒频频蠕动，发出即将醒来的信号。我深深为大耳朵母兔感到惋惜，比起那些无所作为、束手待毙的雪兔，它态度积极，主动而勇敢地接受命运的挑战；遗憾的是，老天爷给它的时间太短，蟒舍里的土质太硬，白白辛苦一场，到头来，还是难逃命运的安排。

睡蟒醒了，昂起头，吞吐着鲜红的芯子，左顾右盼。哦，它饿了，在找寻可口的食物呢。再看大耳朵母兔，它站在还没竣工的土洞旁，呆呆地望着渐渐向它爬来的黑尾蟒，一动也不动。也许是吓傻了吧，我想。

黑尾蟒扁扁的脑袋伸到大耳朵母兔面前，懒洋洋地张开充斥着血腥味的巨嘴，露出尖利的牙齿。眼瞅着蟒嘴就要罩住兔头，突然，大耳朵母兔用力一跳，窜逃到黑尾蟒的背后去了。

黑尾蟒咬了个空，露出一副惊异的表情，怔怔地望着逃开的大耳朵母兔。它以往每次把嘴伸向雪兔，雪兔都早已吓得半死不活，根本不会动弹，吃起来十分轻松愉快，今天怎么搞的？

黑尾蟒又扭头朝大耳朵母兔爬去。这一次，它认真对待，在爬到离目标还有一米远的时候，就停了下来，脖颈竖仰，尾巴猛地一甩，长方形的硕大的脑袋就像流星锤一样砸向目标。大耳朵母兔敏捷地一跃，又躲过了噬咬。

蟒是无毒蛇，捕食时，噬咬威力有限，用又长又粗的身

体去缠绕猎物才是强项。按理说，黑尾蟒应该改噬咬为缠绕绞杀，但这家伙已习惯直接吞咽雪兔，因此仍固执地昂着脑袋追攥噬咬大耳朵母兔。大耳朵母兔总是在蟒嘴即将落到自己身上的一瞬间，及时跳起躲避。

黑尾蟒频频咬空，勃然大怒，这时才想起要改变战术，碗口粗的身体在地上扭得像麻花，绳索似的朝目标套过去。大耳朵母兔在第一个圈圈套过来时，用力蹦跳，侥幸躲了过去，但还没等它站稳，蟒体缠绕的第二个圈圈又甩了过来，它的身体一下子就被捆绑住了。蟒蛇能把马鹿活活绞死，更别说小小的雪兔了。大耳朵母兔双眼暴突，呼吸困难，我在笼舍外观望，觉得此次大耳朵母兔必死无疑了。

突然，大耳朵母兔低头用门齿在蟒身上猛啃了几口。雪兔的门齿虽比不上狼牙虎牙，但习惯在野外啃树皮、啃冻结在石头上的苔藓，所以还是很锐利的。蟒皮破裂了。黑尾蟒遭此突然袭击，绷紧的身体瞬间松弛。大耳朵母兔趁机从绞索似扭曲的蛇身体缝隙间腾空跃起，逃到蟒舍另一端去了。

我欣赏大耳朵母兔的机灵勇敢，更佩服它顽强的求生意志。从外表看，它除了耳朵比其他雪兔略大一些外，并没有什么突出的优点，可为什么如此与众不同，敢同凶恶的蟒蛇搏杀呢？

黑尾蟒遭到袭击后，谨慎多了，它再次改变策略，改用结实的蟒尾连续不断地抽打大耳朵母兔，企图将其击倒击晕，然后再安全地吞咽。大耳朵母兔异常灵活，没等黑尾蟒靠近，就撒腿奔逃，使得蟒尾屡屡抽空。

有一个细节引起了我的注意：大耳朵母兔每逃过黑尾蟒的一次袭击，便要啃几口青草，快速咀嚼吞咽。这绝不是出于"当饿死鬼不如当饱死鬼"的垂死心理，而是想补充体力，更好地蹦跳躲闪，是下决心要逃过劫难、坚定地想活下去的心态的折射。

或许是因为肚子太饿，精力不济；或许是因为缺少锻炼，捕食技艺生疏；或许是因为几次失败，严重挫伤了自信心……半个小时后，黑尾蟒气馁了，放弃追杀，松松垮垮地盘成大圆圈，瘫在那根树桩下。员工们唯恐饿着这条珍贵的黑尾蟒，害怕它过度沮丧而生病，便临时又在兔笼里捉了一只雄兔，扔进蟒舍。

那只雄兔一见黑尾蟒，便吓出一泡尿来，路也走不动了，被黑尾蟒轻松吃进肚去。

随着一弓一弓的吞咽动作，黑尾蟒的腹部鼓起一个大包。它又爬到小水池边喝了一些水后，便像绳子似的一圈圈盘整齐，头缩在中央，睡起觉来。按照蟒蛇的生活习性，十天后，它肚子里的食物被消化掉，那时它才会再次醒来觅食。

黑尾蟒一入睡，大耳朵母兔就来到水池边继续挖它的洞。它挖洞简直到了疯狂的程度，嘴啃爪刨，夜以继日，渴了喝一口水，饿了吃一口料，困了就在洞旁打个盹。三天后，洞穴终于挖成，有一尺多深，刚够它藏身。

翌日清晨，我在蟒舍外观察，见到大耳朵母兔拖着疲乏的身体在水池边觅食，我无意中瞥见那个浅浅的洞穴里好像有什么东西在晃动，用手电筒照进去一看，竟是三只刚产下不久的兔崽！

雪兔崽和家兔崽明显不同，家兔崽刚生下时，全身光溜溜的，眼睛也睁不开；雪兔崽一生下来身上就披着一层密密的绒毛，眼睛也已经睁开。

三只兔崽被手电筒的光吓着了，在洞底挤成一堆，发出细弱的叫声。大耳朵母兔立刻停止饮水，奔回洞穴，庇护自己的宝贝。

我明白了，大耳朵母兔之所以能表现出超常的勇敢，临危不惧、死里求生，就是因为它肚子里怀着兔崽，并已临近分娩。

对一只母兔来说，再也没有比产崽更重要的事情了，要让自己后代平安出世的强烈愿望，母性高度的责任感和崇高的使命感，使它战胜了怯懦的天性，超越了物种的局限，以大无畏的精神与蟒蛇周旋，终于争取到时间，并在死神随时会降临的巨大压力下，在坚硬的土层上掘出一个洞穴，顽强地将兔崽生了下来。

可惜，它只是暂时逃脱黑尾蟒的戕（qiāng）害而已，洞穴能躲过其他野兽的追咬，却难逃蛇类的袭击。蟒蛇细长的滑溜溜的身体很适合在地下钻行，可以这么说，凡雪兔进得去的洞穴，蟒蛇都进得去。在狭窄的洞里，雪兔不能蹿蹦跳跃，那时候，蟒蛇将一咬一个准。再过一个星期左右，黑尾蟒醒来，大耳朵母兔如果逃离洞穴，就等于将三只兔崽送给蟒蛇当点心；如果留在洞穴看护兔崽，免不了会被黑尾蟒一网打尽。

大耳朵母兔似乎也意识到这一点了。第五天早晨，我看见它从洞穴钻出来，站在那根树桩下，歪着脑袋长时间凝望面前的睡蟒，兔眼红得像玛瑙，鼻吻深深地皱了起来，显得心事重重。后来我才知道，它是在谋划一项重大的、性命攸关的决策。

数分钟后，大耳朵母兔一步步向睡蟒靠近，它走得很慢，四条腿好像灌满了铅，离睡蟒越近，它的身体就抖得越厉害。到了睡蟒身边，它张嘴作噬咬状，但又好像缺乏胆量、魄力和自信，犹豫着不敢下口。

水池边的洞穴口露出兔崽毛茸茸的小脑袋，大耳朵母兔回头望了一眼，刹那间，它的目光变得坚定勇敢，鼻吻间映出一层圣洁的光辉，好像找到了可贵的力量源泉。它镇定下来，用两只尖利的前爪用力抠住蟒腰，飞快地在黑尾蟒的身上啃了两口。睡梦中的黑尾蟒被疼醒了，倏地滑动身体，昂起脑袋，可还没等它完全清醒过来，大耳朵母兔已一溜烟地逃到树桩背后去了。

尽管大耳朵母兔在采取行动前紧张得浑身战栗，但这仍算得上是惊天地泣鬼神的英雄壮举。弱小的雪兔平时见着蟒蛇避之唯恐不及，从没听说过有敢于主动袭击蟒蛇的雪兔。它们之间的力量差距太悬殊了，雪兔与蟒蛇斗，好比以卵击石啊！

我猜想大耳朵母兔冒着被吞噬的危险主动向黑尾蟒进攻，目的是要把近在咫尺的危险驱赶到远处去，以确保洞穴里三只兔崽的安全。

惊醒过来的黑尾蟒气势汹汹地追赶大耳朵母兔，大耳朵母兔又故技重演，灵巧地躲闪，几个回合下来，黑尾蟒占不到什么便宜，再加上此时肚子并不饿，也没有急着捕食的欲望，便盘在笼舍中央的草地上，高高竖起脑袋，由进攻转为防御。

大耳朵母兔耐心地等待着，一个多小时后，当黑尾蟒困倦疲乏，垂下脑袋打瞌睡时，它又绕到黑尾蟒的背后，出其不意地啃咬蟒尾。如此这般重复了好几次，黑尾蟒的斗志瓦解了，爬到那根一人高的树桩上，躲避大耳朵母兔的骚扰。

一条凶蛮的大蟒蛇竟然害怕一只小小的雪兔，这真是见所未见的奇观。笼舍外挤满了为大耳朵母兔助威叫好的游客。

虽然黑尾蟒盘踞在树桩顶端，但树桩不高，它的身体又太长，腹部和尾巴免不了会垂挂下来，大耳朵母兔瞅准机会，奔到树桩底下突然蹿高，频繁抓咬。

对大耳朵母兔来说，它要么赶走死神，要么葬身蟒腹。为了三只兔崽的生存，它没有退路，只有一往无前，鏖战到底！

黑尾蟒肯定是平生第一次遇到这样难缠的雪兔，它一点办法也没有，一会儿从树桩上蹿下来，一会儿又尾巴朝天头朝上缠绕在树桩上，焦躁不安，显得异常难受。

动物园的员工担心再这样下去，黑尾蟒会因过度焦虑而发生不测，众多游客的起哄也形成了某种压力，再说，让一只刚分娩不久的母兔和三只兔崽做蟒蛇饲料，从道德层面来讲似乎也不太妥当，于是动物园决定将大耳朵母兔连同三只兔崽一起搬出蟒舍，迁回兔笼。

死里逃生，大耳朵母兔胜利了。这是伟大的母爱创造的奇迹！

当大耳朵母兔带着兔崽欢天喜地回到阔别半个月的雪兔笼舍，回到伙伴们中间，我有了一些深刻的体会：当你身不由己，陷入绝境时，沉溺于绝望就是坐以待毙，鼓起勇气与命运抗争，才有可能赢得转机，闯出一条生路。

海岛狂鲨

蔡振兴

黑水洋一带是一处险恶的海域，然而今天这里却风平浪静，阳光洒在绿绸似的海面上，波光粼粼。海鸥、海鹳、鱼狗、高脚鹭等海鸟，时而凌空高飞，时而展翅滑翔，大海显得静谧、稳重而又有生气。

　　"海捕一号"机帆船在黑水洋转着圈子。

　　"黑水礁上的人是被蛇咬花了眼，简直是谎报军情。"茂根对海松叔不满地说，"指挥部要我们来捉鲨鱼，这像是有鲨鱼的样儿吗？"

　　"被蛇咬花眼的是你，吃了这么些年的海洋饭，还看不出水色。"海松叔教训着茂根，用手指指满天飞的海鸟，"它们比你还聪明，它们是通了仙气的。哪儿有大恶怪，必然惊吓到小鱼小虾，海鸟不肯离开黑水洋，就证明水下有邪货。"

　　海松叔的话真灵验，刚说完，海面上突然银光闪闪，"啪啪——啪啪——"地一连蹿出许多小鱼，紧接着"哧溜嘶——哧溜嘶——"地一阵响动，三四十条飞鱼像从海里射出的银箭，腾空飞跃四五十米远，又叮叮咚咚地落进海里。有两条浑身斑纹，重达四五斤的马鲛鱼，竟像被豺狼撵急了的小花狗，噔噔地跃出海面，跳到前舱板上，跌得昏头昏脑直扑腾。茂根眼明手快，一脚一条踩个结实。

船上的十几个青壮年渔民将目光投向海面。

海松叔告诉大家，指挥部所说的大鲨鱼就在黑水洋海域，它正在海水里抢食鱼儿，把飞鱼、马鲛鱼吓得飞出海面。眼前的事实，使大家更相信海松叔了。这个一脸胡楂儿的海松叔做了三十年船老大，他捕到的鲨鱼足足可编一个连队。

黑水洋在东海群岛的外缘，俗话说，"五月端午黄鱼叫，黑水洋里鲨鱼到"。夏历五月初起，从南洋有规律地流来一股清潮，一夜之间，浑黄的黑水洋变成蓝莹莹一片，鲨鱼喜欢清冽的潮水，也就跟了过来。这一次汛期竟来了一个大家伙，冲碎了黑水礁渔民设置的两挂涨网，拱翻了两条舢板，咬去了渔民的一条腿。于是，渔业指挥部命令富有捕鲨经验的海松叔率领"海捕一号"来擒鲨。

海松叔要大家把鲨镖、双刺钢叉、缠网、套网准备好，然后各自占位，听命令行动。这些人都是海松叔亲自挑选的，他们个个顶天立地，一半眼白被海风熏成红色；人人肌肉鼓胀，活像古罗马奴隶起义的领袖斯巴达克斯。

海松叔刚刚吸完半支烟，就看见船头方向五十米开外的地方，原来清澈的海水顿时变成一片乌黑，乌贼喷射着浓浓的墨汁，撒出一长溜黑色的帷幕，掩护自己逃命。黄鱼、马鲛鱼、鲳鱼、青花鱼挤成一团，漂上海面，旋即又磕磕绊绊地向四周分散逃去。接着又有几只大对虾乱蹦乱跳。

"飞鱼蹿，马鲛逃，乌贼喷墨对虾跳，准有恶鱼在作闹。"海松叔念着渔谣提醒大家，"鲨鱼要起水了。"

突然，海面上泛起一个大漩涡。接着，水漩中间溅起一股雪白的水花，水花豁口里黑影一闪，倏地甩出一条像大铁剪子似的黑尾巴，黑尾巴啪地落水之后又拱起一道像屋脊似的乌黑的背。

"啊！啊！大黑鲨！大黑鲨……"

又一条马鲛鱼腾地蹦出了水，大得活像长了锈斑的大刀片子，在空中打了几个滚后开始下坠，在它贴近海面的瞬间，水中突然冒出一颗黑而尖的大脑袋，瞪着两只绿色玻璃球似的眼睛。它张开血盆大口，露出两排钢锯似的利牙，精准地噙住那条凌空掉下来的马鲛鱼，吞进嘴里，再沉入水中，海面上只留下几个泡泡。

"我的妈呀！"茂根吓得怪叫。

"下缠网绞住它！"掌网的说。

"别瞎动！这鲨鱼少说有两三吨，下网缠不等于用蜘蛛网逮老鹰吗？"海松叔说着脱下褂子，浑身直暴肌肉疙瘩，络腮胡子毛扎扎的，像只刺猬，展示出斗鲨虎将的风采。他抓起一支寒光闪闪、装有倒刺的鲨镖，这鲨镖七斤重、三尺长，头尖如针，整体呈流线型，一端的孔洞里拴着一条拇指粗的尼龙索。

大黑鲨又一次起水，先探头，后撅尾，最后拱脊背，忙着抢鱼儿吃。海松叔握住鲨镖，以前弓后箭的步势站好后，右手一指，鲨镖嗖的一声飞过去，突的一声击中了鲨背，敲击出一处醒目的白痕后，鲨镖咕咚滑落海中。这时大家才看清——这是一条足有五千斤重的大黑鲨，它的皮色乌青紫黑相间，皮质粗糙厚实，鱼皮上长着一绺绺海藻、苔藓；它自颈部至尾鳍，结满了寄生的硬壳牡蛎，远远看去，疙疙瘩瘩、层层叠叠，像一片片龙鳞，难怪鲨镖刺不进去。海松叔用尼龙索收回鲨镖，又用粗尼龙索绾了一个罗汉扣，要了一个空中飞套，啪的一声套中了鲨鱼头。大家的喜悦还没来得及变成欢呼，大黑鲨一拧脑袋，啪啪两声脆响，酒盅般粗的尼龙索断成三截。它似乎也发现人们在暗算它，一下子没了影儿。海松叔呆立着：缠网不顶事，鲨镖刺不进，套索断成三截，这大海的恶魔！

"没有咒语可念啦！"茂根垂头丧气地说。

"我还有一手！"海松叔招呼大家在缠网堆上坐下，说，"我们放一个南瓜炮，鲨鱼饿急了也会吞南瓜的。我十二岁跟我爹来黑水洋钓过鲨，那时海洋里多的是玩意儿，当然，没有刚才看到的那个家伙大。有次我们钓到三条，每条七八十斤重，鲨翅也值不少钱。可是回来的海路上碰到一个鲨鱼群，紧紧地在船后追我们。爹说用鲨鱼肉引开它们，我便剁下鲨翅，再把鲨鱼剁成块，扔出去。那些鲨鱼会抢吃同类的肉，但是吃光了又追上来，我把三条鲨鱼都喂了它们，可它们还是紧追不放。最后我抛了我们的饭食儿——一个四十斤重的南瓜，那南瓜浮在海面上，引得十来条鲨鱼围着圈儿啃，这才甩掉了它们。"

"还是说说你的南瓜炮吧！"茂根催着。

"我们去厨房里选一个最大的南瓜，掏去瓤，塞进一支装倒刺的小鲨镖，捆上我从指挥部带来的三枚手榴弹，一起塞进南瓜，封严实，然后拉出弦，系上绳索。只要鲨鱼肯吞南瓜，咱们就能拉响手榴弹。小鲨镖从南瓜里爆出来，准能钩住它，到了那时，它有再多的法儿也跑不掉啦。"

大家都说这办法好，于是七手八脚地迅速准备完毕。万事俱备，只欠东风，等了大半天，那鲨还是不肯起水。太阳偏西了，有人不耐烦，打起了退堂鼓。海松叔告诉大家，黑水洋是大陆架的缓坡，水浅，才十来米深，海底饵料丰富，加上潮水清，大鲨鱼不吃痛快是不会走的。

到了下午三点钟，黑水洋上连鸟也飞走了——这是鲨鱼沉底的信号。因为鲨鱼不动，小鱼不慌、不蹦，海鸟也就不易捞食，于是便飞走了。海松叔也沉不住气了，站起来，把放南瓜炮的绳儿交给茂根，说："我下海赶鲨去，把它引上来！"大家一听，顿时吓黄了脸。茂根坚决反对，说："您是抱孙子的人啦，活五十岁是不容易的，我们能眼睁睁让您喂鲨？"

海松叔来气了："那你们去！有种的给我下海把它赶上来！"大家互相望望，就像张飞捉老鼠，大眼瞪小眼。逗鲨是绝活，谁也没干过。海松叔脱得只剩下一条短裤头，他用手向西一指，动情地说："黑水礁那边的渔家父老望着黑水洋，都指望我们除害。不除掉这黑鲨，这海域就不能作业，我们能有脸儿空手回去？"

大家七手八脚地帮助海松叔装束：戴头盔、背氧气瓶、上蛙蹼板、拴防护绳。海松叔一手提着明光瓦亮的逗鲨镜，一手提着一支尖头梭镖，乍一看活像画报上的外星人。"把南瓜抛下去，把绳拴结实，"海松叔推开头盔说，"用不着为我担心，这黑水洋底，少说我也下过十次。再说，舍不得金弹子，也打不着凤凰鸟！"茂根他们严肃地绷着脸，目送海松叔沿着绳梯下水，就像目送敢死队队员去进行一场必死的战斗。

海底下，呈现在海松叔面前的是一个奇异的世界。

当年，他跟着爹多次下过黑水洋，剥碰菜、挖海参、掘珍珠贝。在他的记忆里，那时的情景是很动人的——天蓝色的海星，静静地趴在细沙上，算是海底最安分守己的动物。法螺、长牡蛎、文蛤在石头边慢慢爬动。有时石头缝里出现一盏亮晶晶的"电灯"，那是夜光贝。丛生在礁石上的牡蛎，打开介壳，张开白嘴，贪婪地吸吮着海水。三疣梭子蟹在石头上横行，满身疙瘩的蛤蟆鱼在石头洞口探头探脑，龙虾一蹦三尺远，海鳗惊奇地盯着人，僧帽水母像一个个白色气球，慢慢地从海底升向海面……

现在，海松叔沉到牡蛎礁旁，阳光射进十几米深的海水，能见度还行。他警惕地让身体旋了三百六十度，做了扫描式观察，没见大黑鲨，就认真地细看起来：海底下铺满了形形色色的卵石，东一块西一块的礁石上，长满了海带、裙带菜、鹿角草、海藤萝、江篱等海生植物。突然，海底下的景物在他脑海里激起了一个个问号——今天，黄瓜般长的长牡蛎为什么夹紧介壳闭着嘴？大法螺本应当像个热水瓶似的竖着，现在为什么横七竖八地倒在那里？几条十来米长的海带竟断了根，在海水中轻轻飞舞，但海底潮流平稳，一般来说它是不会断根的。顺着海松叔的视线，前面竟漫起一道黑幕，黑幕渐渐地扩大着，犹如火烧茅屋时冒起的黑烟。他透过潜水头盔的玻璃罩，依稀看见两只一尺多长的大乌贼，喷着墨汁，颤动裙鳍，快速后退。这是个信号：大黑鲨就在附近。

海松叔躲进一片海藻丛里，从孔隙里向外瞧去，只见大块黑影挡住了前面的牡蛎礁，像突然筑起的一堵墙，冲着海藻丛缓缓移来。他做出判断：这就是大黑鲨。他监视着它，它一边游动，一边在海底乱拱，活像一头大水牯牛，尖嘴巴拱得海底黄沙石子浮泛起来，犹如大风刮起一股沙尘，那些不善奔逃的沙蛤、海葵、海蚯蚓、石蚌纷纷被大黑鲨吸进那贪婪的大嘴里。

"你真会享受哩！"海松叔心里说着，闪出了海藻丛，借着海水的浮力，轻松地打了一个前滚翻，故意让大黑鲨发现自己。果然，大黑鲨睁着玻璃球似的大眼珠子，伸着尖嘴直冲过来。海松叔把逗鲨镜向前一推，大黑鲨像被施了定身法似的立即停止攻势。这逗鲨镜是海松叔的爹传下来的一面小哈哈镜，据说是当年花了三十斤虾仁，从上海换来的。大黑鲨的嘴脸在镜面上反映得更加凶恶狰狞，它自己吓住了自己。海松叔怕吓走大黑鲨，立即旋转镜面；大黑鲨又发现了海松叔，猛然游过来。他一个后仰绕到大黑鲨尾后，划动蛙蹼板，猛向海面浮升；大黑鲨紧追不放，但逗鲨镜吓得它不敢靠得太近，它就这样若即若离地跟着海松叔升到海面。

大黑鲨刚一浮出水面，就闻到了南瓜的香味，它是饿急了眼的馋嘴鬼，一口噙住南瓜，迅速往肚子里咽。茂根等不及海松叔从船后爬上来，急急地拉了弦。被大黑鲨拉直的弦索微微一震，立即松弛下来，耷拉成一个大弧形——南瓜"炮弹"显然在大黑鲨肚子里爆炸了。在海松叔爬上船的同时，大黑鲨也被鲨镖弦索提起了头，那双玻璃球似的眼珠子，闪着木呆呆的绿光。它用大量的海洋财富养肥了自己这五千斤重的身躯，现在又无可奈何地把自己交给了人类。

"海捕一号"无法吊起五千斤重的大黑鲨，青壮年们纷纷下水，用缠网裹住它，拴在船后，顺水拖行。

夕阳西下，"海捕一号"胜利返航，海鸥绕船欢叫，似在歌唱着一种原始的、蛮勇的胜利。

（王晓丹　孙淇　译）

印度猴子吉妮

[加拿大] 欧内斯特·西顿

新来的母猴

有一天，华特曼动物园里新运来了一只笼子，是用金属丝捆绑着的，看上去很结实。笼子上面还钉着一块木板，上面写着"危险"两个大字。

动物园的饲养科科长约翰·波纳米刚一靠近笼子，里边就突然传出一阵咔咔咔敲打笼子的声音，然后是一阵晃动铁栏的哐啷哐啷声。约翰·波纳米心想，里面的动物确实够危险的。

隔着铁笼和木板，波纳米凭借他多年的经验，就能判断里面装着的是什么动物。不错，里面确实装着一只母猴子，它生长在印度。印度所有的猴子中，就属这种猴子最高大，站起来能有一米多高；这种猴子也最凶猛，发起狂来，极少有人能对付得了。总之，这种猴子对人类来说非常危险。

饲养科的其他员工听说新来了一只动物，也都聚集过来看，这时候，笼子里的猴子更加急躁地耍闹起来。一位饲养员想要打扫一下猴笼里的粪便，好把笼子弄得干净一些，他刚把扫帚伸进去，猴子立刻冲上来，一把将扫帚抢了过去，咔嚓咔嚓几下就把扫帚的木柄咬烂了。它还不停地扑打栅栏，想把围观的人吓走。

有一个叫杰夫的员工，是专门负责照顾猴子的，他认为自己有能力使这位新来的客人安静下来。可当杰夫把头贴近笼子往里瞧的时候，里面突然伸出一只毛茸茸的爪子，飞快地在杰夫脸上抓了一把，不但抢走了杰夫的眼镜，还在他的脸上留下了几道深深的印痕。

杰夫气得火冒三丈，咒骂起这只"浑蛋"猴子来，可那又有什么用呢？谁让他面对的是一只不懂事的猴子呢！他也只能干生气了。看到杰夫的狼狈相，其他工作人员都忍不住哈哈大笑起来。

波纳米本来想到别的地方巡视，听到这边吵闹的声音，便折了回来。实际上，波纳米在照顾动物方面有着多年丰富的经验，听到吵闹声，不用亲眼看见，他就大概猜到是怎么回事了。他走过来对科里的员工们说道："你们别忘了，猴子是跟咱们人类差不多的动物。即使是人类，刚到了一个陌生的环境，也是需要时间来适应的，所以，要对新来的动物多一些耐心。我们把它们照顾好了，它们才会对新环境有充分的安全感。现在，我们试试同它讲点什么吧！"

波纳米边说边让大家到笼子的对面去，这样能使这只暴躁的猴子安静些，他自己则在笼子旁边蹲下了。他对猴子轻声地说道："你刚来这里，首先应该要有一个名字，我想想，叫你什么好呢？就叫你吉妮吧。吉妮，我们以后就慢慢相处吧，相信我们很快就会成为朋友的。你说呢，吉妮？"

波纳米用温和的声音同吉妮说起了话，他的手、脚保持静止，基本没有什么动作。或许是受了波纳米那种温和而镇定的声音的影响，笼子里的吉妮竟然渐渐地平静下来了，它停止了喘粗气，慢慢地在一个角落里蹲下来，两只瘦瘦的爪子交缠着。不过它的脸色仍然很可怕，眼睛直瞪着波纳米。

这时，一阵风吹来，差点刮掉了波纳米的帽子，他连忙伸手把帽子按住。吉妮见波纳米把手举起来，立刻又发出了一阵咆哮。

"吉妮，你以前大概是常常挨打，所以才对人这么戒备吧？可怜的小家伙！"

波纳米说着，仔细地查看起吉妮的身体来。吉妮的身上果然遍布伤疤。它是从遥远的印度用船运来的，船在海上不停地颠簸了很多天，有时还剧烈地摇晃，笼子的活动范围又很小，吉妮难免会因烦躁而大发脾气，因此，没有耐性的工人自然对它极其粗暴，为了让它安静下来，他们肯定没少打它。所以现在只要有人要靠近它或者稍有动作，它就以为自己又要挨打，于是就大喊大叫起来。

波纳米特别喜爱动物，他喜欢给动物们安排舒适的生活，不论什么样的动物，他都能与之友好相处，而且，越是凶猛的动物，他越是有信心把它们训练好。大家都说不消一天的时间，这只印度猴子就会乖乖地听波纳米的话。波纳米听了，只是笑笑。

波纳米当即就让员工把吉妮从那个小笼子搬运到动物园的大铁笼子里。

通常，装动物的笼子门一打开，里面的动物都会往外跑，毕竟它们不爱在那么小的空间里活动。然而吉妮却例外，它没有出来，仍然躲在笼子的最里面，一动不动地紧锁着眉头，用警惕的目光打量着周围。

波纳米非常清楚吉妮不愿意出来的原因。刚才他看到吉妮浑身的伤疤，便明白在此之前人们对吉妮的粗暴，让它遭受了太多的折磨，这使它对人类产生了怨恨和防备心理。看来要取得吉妮的信任，还需要时间。于是，他便叫大家回到各自的工作岗位，暂时不要去理会吉妮。

吉妮一整天都没有从笼子里出来。直到傍晚，波纳米忙完了其他工作，悄悄走过来，想看看吉妮怎么样了。这时，吉妮已经从它栖身的小笼子里走了出来。它在大笼子里的水槽边洗了洗手和脸，这是它被运出印度后，第一次有机会把自己的身体好好清洗一下。洗完以后，吉妮仍然提心吊胆地看着四周，它的旁边摆放了很多食物，尽管那些食物很诱人，但它还是不敢动手吃。它在大笼子的角落里小心翼翼地走着，不时用手指头触摸铁笼子新涂的油漆，接着又回到水槽边喝了点水，然后坐下来开始捉身上的跳蚤，之后又站起身来，看着一直装着它的小笼子。

好长时间过去了，吉妮还是没有吃东西。猴子也跟人一样，如果长时间处于疲惫状态，是不会感到饥饿的，顶多也就是多喝一些水而已，它现在最需要的是休息。

霸道的吉妮

第二天，吉妮躲到了笼子顶上。这时，饲养科的杰夫要把昨天那个装吉妮的小笼子拿出来清洗一下，可他担心吉妮还会像昨天那样大发脾气，于是，便提前准备了一根带钩的木棒，想用这根木棒把那个小笼子钩出来。杰夫刚把木棒伸进去，就被吉妮看到了，它猛地跑过来，想要抢下杰夫的木棒，杰夫就用木棒捅了吉妮一下，吉妮立马哇哇叫起来，大闹个不停。

杰夫经常听波纳米说，不要跟动物结仇，否则会给园里添麻烦的，但今天的事让杰夫很生气，他忍不住跑到波纳米那里发牢骚说："这只猴子实在是太不像话了，有它在，小笼子根本就拿不出来！它也太难伺候了！"

于是，波纳米便和杰夫一起去看吉妮。吉妮见有人过来，立刻愤怒地吼叫着，冲他们扑了过来，当然，幸好有那个大笼子挡着它。

看到这种情况，波纳米知道是杰夫激起了吉妮的愤怒，于是，他让杰夫先回避一下，他自己则走到笼子边，面对着吉妮，用责备但很亲切的语调说起话来："吉妮呀，你不为自己的行为感到害羞吗？我们把你当作朋友，你该多幸福呀！你为什么要用这种野蛮的态度来对待人家呢？你说你羞不羞？"

就这样，波纳米亲切地对吉妮说了十几分钟的话，吉妮的情绪才渐渐平静下来。过了一会儿，它爬到高高的台子上，盯着波纳米看个没完，似乎在想：这个男人和我见过的其他人怎么好像不一样呢？他的声音听上去多么温和呀！

波纳米看见吉妮的情绪已经稳定了下来，便决定自己亲自动手把笼子里的小笼子弄出来。他把长木棒伸到了笼子里，其间吉妮也做了一两次扑向他的动作，但直到最后它也没有真正行动，每次波纳米都会停下来跟它继续温柔地说着什么。波纳米想，猴子未必理解人类的语言，但猴子一定能区分出人类态度的善恶，他觉得这只猴子能够明白自己对它的好，只要他善待吉妮，吉妮一定也能与他友好相处。

由于吉妮一看到杰夫便会发怒，所以波纳米觉得不能继续让杰夫来照看吉妮了，但为了不使杰夫难堪，他借故说吉妮很难训练，并决定亲自照顾它。在他与吉妮相处了一个星期后，吉妮的精神状态已经好了很多，身上也有了令人吃惊的变化：它的体力恢复了，皮毛有了光泽，身上的伤痕也几乎痊愈了，听到什么声响时，它也不再像以前那样胆怯和易怒了。

于是，波纳米想把吉妮搬到一个更大的笼子里，这也是为了能让游客早日见到它。波纳米在吉妮现在的笼子里又放了一个小笼子，吉妮好奇地爬了进去，这时波纳米把绳子一拉，吉妮就被关在里面了。虽然在搬进大笼子之前，吉妮照例又大闹了一通，但大家还是把它搬到了它的新家。

当时，负责搬运吉妮的员工说："这只猴子一定会成为咱们动物园里最有人气的动物的。不过搬进新居后，它肯定会打架耍威风的。"

在吉妮搬来之前，大笼子里面早已有十几只猴子了。

吉妮搬进来后，没过多久就习惯里面的生活了，这时它那调皮的本性也显露了出来，它常常和别的猴子打斗，还要建立自己的势力，而且每次打斗的结果都是它占上风。那些猴子被吉妮吓得逃的逃、躲的躲，最后都爬上了笼子的最高处，吱吱乱叫。

吉妮在那些惊叫的猴子下面烦躁地来回走着，并且愤怒地瞪着笼子外面的游客。

有一天，饲养员送食过来，可吉妮却并不领情。它见有人来了，便显得十分愤怒；饲养员也不理它，端着食物径直走到笼子里面。当他弯腰背对着吉妮时，吉妮猛地扑上去，对准饲养员的腿，一口咬住。饲养员被这突然的袭击吓了一跳，他使劲地甩动着被咬住的腿，把吉妮踢到一边，然后慌忙逃到笼子外面。

从此以后，这位可怜的饲养员就断定，吉妮是只变态的猴子。

可波纳米却不这么认为，他觉得这是因为吉妮刚到新环境，对饲养员的突然出现感到害怕。实际上吉妮并不是胆小的猴子，从它对饲养员的袭击就能看出来它极为勇敢。与胆小的猴子相比，有勇气的猴子更容易调教，波纳米相信吉妮是能够被驯服的。

没多久，发生了一件事，证实了波纳米的判断。

有一天，波纳米早早来到了栅栏边看望吉妮。这时，一只小猴子跑到了栅栏前，这小家伙向来惧怕吉妮。小猴子贴近旁边的笼子想要偷香蕉吃，吉妮在它身后睁大眼睛一直紧盯着它的举动。

当小猴子把爪子伸进旁边的笼子里时，吉妮悄悄来到它身后；等到小家伙拿着香蕉往后退时，吉妮冲上去用两只爪子蒙住了它的脑袋。小猴子惊恐地大叫起来，这时，吉妮悄悄把两只爪子抬了抬，小猴子便飞快地溜掉了。看到这一幕，波纳米暗想：我知道了，吉妮既不胆小，心理也没有缺陷，更不像饲养员说的那样变态，我是可以驯服它的，而且用不了一个月的时间。

驯服吉妮

第二天，波纳米便着手驯服吉妮。他采用的是动物园训练动物的传统方法，并依照自己多年的经验增加了一些新的内容。

训练的第一步，是绝不能做让吉妮感到恐惧的举动，还要与吉妮建立友谊，只有完成了这一步，才能谈其他的事。

波纳米刚开始来到栅栏边的时候，吉妮一看到他，立马就跳到高处，并气势汹汹地冲波纳米大叫着，威吓他。可是无论它怎样大叫，波纳米一点都不害怕，他仍站在笼子前，静静地看着它，并跟它亲切地交谈。渐渐地，吉妮觉得这么费劲地威吓波纳米也没什么意思，于是，不到一个星期，吉妮就不再对波纳米大喊大叫了。

此后，当波纳米再来给猴子们送食物的时候，不论从哪一个方向向笼子走过去，吉妮都会跑过来，发出低沉而略带威胁的声音，同时还爬到栅栏的顶端，上蹿下跳，边大吼边敲打自己的胸膛。

其间，吉妮仍然会去骚扰其他的猴子，但是波纳米发现，即使有机会，吉妮也不再伤害同类了，它只是吓唬一下对方而已。

训练期间，波纳米不让打扫卫生的员工进入笼子里，而他每个星期都会亲自用很长的刷子清洗笼子。到了第二个星期，吉妮不再对波纳米那么戒备了，波纳米便想进到笼子里试着接近吉妮，于是他把自己的想法告诉了园长。园长有些担心地说："这样不行啊，太危险了！万一它发疯咬住了你的脖子怎么办？"

可是波纳米还是坚持要进笼子。吉妮见波纳米进来了，立刻从高台上跳到地面，朝波纳米跑过来，还一边起劲地敲打胸部，一边大声吼叫。波纳米装作不在乎，他边打扫笼子边用眼睛看着吉妮，同时与它交谈。其实，吉妮也只不过是装装样子而已，并没有过来袭击波纳米。波纳米没多久便做完了清扫工作。他离开笼子后，就去对园长说："已经不会有问题了！"

可是园长却说道："那可是一个口碑欠佳的家伙，这次它没咬你，是你的运气好。下次你若是还敢进去的话，如果出了什么事，你要自己负责，可别怪我没提醒你哟。"

"不会的，您放心好了！"波纳米肯定地说。从那天开始，他以极大的耐心，花费大量时间和吉妮待在一起。他总是用亲切的话语与吉妮交谈，每次去看吉妮时，都带着好吃的食物，这样一来，他与吉妮相处就容易多了。只要来的是波纳米，吉妮就会按捺住暴躁的脾气。而且，吉妮也逐渐对波纳米产生了兴趣，它注意观察波纳米的举动，在明白波纳米所做的一切都是在关心它时，吉妮便开始喜欢起波纳米了。

有一天，波纳米以开玩笑的口吻对吉妮说道："现在我们可是朋友了。记得你刚来的时候，还拿木棍打我的脑袋呢。以后你可不许这样做了！"吉妮就像是听懂了话一样，来到了波纳米的身边，温顺地让波纳米抚摸它的脑袋。

现在，吉妮对波纳米很顺从，对他的感情也与日俱增，它每天都期待着波纳米的到来。但是一见到饲养员杰夫，它还是会立刻变回原来那只性情急躁的猴子。

有时候，波纳米只是路过笼子前，忘记跟它打招呼，吉妮就会马上跑到栅栏前，不停地上下蹦跳，还会撒娇般地叫着。不过，只要波纳米一转过头来看它，并跟它聊上几句，它就特别开心，波纳米也因此感到很欣慰。现在，吉妮的性格和生活习惯都与以前不同了。从前的那种无名愤怒和令人讨厌的性情都不见了，它已经变成了一只活泼可爱、深受游客喜爱的乖猴子。

在到动物园来玩的游客中，吉妮对女人和小孩都很友善，却不喜欢男人。它现在变得既聪明又可爱，大家都很喜欢它。吉妮所在的这个动物园是移动式动物园，经常要到各地去展出。每到一个新的地方，学校的学生都会被请到动物园来观赏动物。这时候，孩子们最喜欢看的总是吉妮，因为它的吸引力最大，动物园中似乎连狮子、大象的地位都要比它低一截呢，因此，饲养科的员工们也都喜欢上了吉妮，他们都说："想让客人们高高兴兴地来参观，全靠吉妮了。"

吉妮总是留神观察着四周，把聚集在栅栏前的游人逗得哈哈大笑，波纳米有时会给吉妮粉笔——他教会了吉妮写字和画画。吉妮先是在自己的两只后腿上涂画，然后就玩起了走钢丝。当吉妮发现在腿上涂画能让游客高兴时，它又开始在自己的鼻尖上涂抹，这下游客对它就更有兴趣了。吉妮就这样成了动物园里最有人气的猴子。

当然，最喜欢吉妮的仍然是波纳米。他由衷地疼爱着吉妮，每次进办公室之前，他总会习惯性地绕道去看看它。

一天早晨，波纳米到动物园的时间稍微晚了一些，他注意到吉妮的笼子前围满了人，人群中不时响起善意的掌声，他知道一定是吉妮在表演滑稽动作逗观众开心呢。

吉妮现在还学会了表演其他节目，它能抓住栏杆倒立了。它用两只前爪抓住栏杆，用两只后爪支撑住身体，然后把身体吊在栏杆上悠闲地摇晃。随后，再从栏杆上一跃而起，用前爪抓住更高的位置，再不断重复刚才的动作，就这样一次次地向上攀跳，不一会儿就爬到栅栏的顶部，最后，再重新跳回到栅栏的下面。

在吉妮表演的时候，有一只猴子背对着观众坐着。这时，一个女人不顾栅栏前"严禁入内"的牌子，穿过人群，径直跑过去抓住了那只猴子的尾巴。谁知她刚把头伸过去，吉妮便迅速伸出爪子把她的帽子摘了下来，然后戴到了自己的头上，惹得游客大声欢呼，吉妮一见游客们高兴就越发来劲儿了，非常得意地在栅栏上玩耍。

见游客这么高兴，波纳米心里也很快乐，于是，他笑着走进了自己的办公室，打算一会儿再过来看吉妮的表演。

厄运降临

小孩子们不停地扔进来一些花生，吉妮已经得到了很多花生，两侧的脸颊都撑得鼓鼓的了，可其他的猴子只有在旁边干瞪眼的份儿，谁都不敢去抢，因为它们现在仍然害怕吉妮。

过了一会儿，吉妮把头上戴着的帽子拿下来，开始撕扯边缘的花饰。帽子的主人开始大喊大叫，她当然特别生气，但是旁边的人却拍手叫好，他们认为帽子的主人是罪有应得。吉妮看到人们这么高兴，便开始翻起筋斗来了。

就在这时，悲剧发生了。一个站在栅栏前的男人，举起一根带刀的手杖，猛地朝吉妮的腹部刺去，吉妮惨叫着从高处摔到了地面。其他小猴子见状，都尖叫着爬到了高台上。

前面的游客见吉妮受了伤，异口同声地朝那个男人喊叫起来：

"你这是在干什么呀？你怎么能做出这么卑鄙的事呢？"

"快叫饲养员，饲养员在哪里啊？"

"还是叫警察吧！先把那个坏蛋抓住再说！"

"怎么回事？发生什么事了？"后面的游客不知道前面发生了什么事，都拼命地朝前挤。

吉妮忍着伤痛，悲伤地拖着沉重的身体，径直走到笼子的角落，用两只前爪压着伤口蹲了下去。

波纳米听到外面乱糟糟的叫嚷声就知道出事了，他马上跑出来，问游客们到底发生了什么事，游客们便你一言我一语地把吉妮受伤的事告诉了他。波纳米心情糟透了，他心爱的吉妮竟然被刺伤了！这时，有一个小男孩冲出了人群，气愤地说："我都看见了，是一个男人用一根带刀的手杖刺伤了吉妮。"

当波纳米让那个男孩指给他看是谁刺伤了吉妮时，人们才发现那个男人早跑得没了踪影。吉妮现在仍蹲在笼子的角落里，它用两只前爪按着伤口，痛苦地呻吟着。杰夫想进去查看一下它的伤势，可吉妮一看到杰夫又立马变得暴躁起来，不让杰夫靠近。

当波纳米想进笼子时，园长正好赶到。他劝阻道："波纳米，现在不能进去，吉妮受到了伤害，你现在进去很危险！"

可波纳米却管不了那么多了，他只说了一句"我会小心的"，便急忙钻进了笼子里，向吉妮跑去。

吉妮倒在角落里痛苦地呻吟着，它此刻的眼神同它刚到动物园时一模一样，凶猛、冰冷，双眼中燃烧着愤怒的火焰。

波纳米不慌不忙地蹲下，他尽量用亲切温柔的话语安慰它："吉妮，是我，我来看你了。不要怕，我很想帮助你！让我来看看你的伤口好吗？"

听到波纳米温柔并饱含关怀的话语，吉妮的表情温和了一些，并让波纳米检查它的伤口。吉妮的伤口并不大，但却很深。波纳米非常气愤，也非常焦急，如果让他见到那个坏蛋，他一定会叫那个坏蛋尝尝自己拳头的厉害！但是眼下他只能先好好照顾吉妮，他用消毒水洗掉伤口周围的血，然后再敷上药，包扎好。不一会儿，吉妮痛苦的呻吟声逐渐低了下来，最后完全平静了。

可当波纳米想离开它继续去做别的工作时，吉妮却又发出撒娇般的叫声，它不想让波纳米离开。无奈波纳米还有其他工作，非回办公室不可。

第二天早晨，吉妮的伤一点也没见好，因为吉妮把波纳米贴在它伤口上的药布撕了下来。等波纳米再次去看它的时候，他只好又重新给它上药并换了新的药布。波纳米责备它说："吉妮，你可真不是个好孩子！"

这次吉妮安静地让波纳米替它敷药，可是当波纳米转身要离开的时候，吉妮又把药布撕了下来。当然，它又免不了挨一顿批评，它的表情看上去有点畏缩了。波纳米又得重新给它换上药布，可在波纳米离开后，吉妮还是照样把药布撕了下来。

波纳米每天要去看吉妮两次，但吉妮的伤势并没有好转，它的伤口肿得很厉害。波纳米知道它不会康复了，吉妮大概也知道自己身体的状况。在波纳米去看它之前，它就在一旁静静地待着，不时向外面看看波纳米每次来的方向。可是波纳米来看过它之后，只要一想离开，吉妮就会大吵大闹，紧紧抱着波纳米的腿不放，不想让波纳米走。

除了波纳米，吉妮对其他人都很反感。所以，其他饲养员想代替波纳米照顾吉妮，根本就行不通，它会咬他们。

波纳米手头还有许多工作要做，如果想要照顾吉妮，就得把吉妮搬到自己的办公室，于是，他把自己的想法告诉了园长。可是园长根本就不同意，他说："你怎么能有这么不切实际的想法呢？让一只猴子来工作人员的办公室，我还是头一次听说！"

但波纳米没有听从园长，他知道吉妮已经活不了多长时间了，他想多陪陪它。就这样，吉妮被抬到了波纳米的办公室。波纳米给吉妮身上披了一条毛毯，让它坐在椅子上。吉妮对能待在波纳米的身边感到非常满意，它总是把头扭过来看正在工作的波纳米，有时也会兴奋地叫上几声，直到波纳米伸出手抚摸一下它的头，示意它不要这么大声，它才能安静一会儿。

吉妮一刻都不想离开波纳米，为了在吉妮的最后一段日子里多陪陪它，波纳米只好把一些工作委托给别人，连吃饭的时候也要把饭菜带到办公室来吃。

过了两三天，吉妮濒死的迹象更加明显了。无论波纳米多么亲切地跟它说话，它的眼睛里都毫无光泽。于是，波纳米在办公室里又安装了一张小吊床，让吉妮躺到上边，这样吉妮能舒服一些。波纳米不时地用手抚摸着它的头。

波纳米的工作非常忙，而且他经常要记账。为了不耽误工作，他常常是用左手抚摸着吉妮，同时用右手来记账。

一天夜里，在波纳米喂了吉妮一些汤之后，吉妮就在吊床上睡着了，波纳米想要离开办公室一会儿，可他刚一转身，吉妮便又呻吟着望向他，波纳米只好又返回来陪它。

晚上九点的时候，吉妮的呻吟声变得均匀而安详。波纳米试着同它交谈，但吉妮却没有了声音。波纳米站起身来，轻声问吉妮："吉妮，你想要什么吗？"可是吉妮只是紧紧地抓住波纳米的手，它浑身抖得厉害，过了一会儿，它便不再动了——吉妮死了。

动物园里有一块地，专门用来埋死去的动物，波纳米把吉妮也埋在了那里。然后他找来一块木板作为吉妮的墓碑，上面写道："吉妮——我的朋友，世上最可爱的猴子之墓。"

当波纳米无意中翻过木板时，他发现背面写着"危险"两个大字——原来，这块木板正是从印度运送吉妮过来时钉在笼子外面的那块。

（王晓丹　孙淇　译）

母狐

陈彦斌

火狐狸

　　李永福拎着一杆猎枪气喘吁吁地追到这条山谷里的时候，血红的残阳把它那最后一抹余晖斜射在这条狭长而荒僻的山谷里。一棵长在乱石旁的老柞树的树干上长满了青苔，它的影子被夕阳抻得老长。留在雪地上的狐狸脚印在这片乱石堆里突然消失了，李永福茫然地站在一块石头上，看着鼻子几乎贴在地面的猎狗黑子。

　　黑子爬上乱石堆，一通乱嗅乱闻，引导主人朝山坡的一片灌木丛走去。

　　这只火狐狸是李永福在回家路上遇到的。这天他除了打到一只野兔外，再没碰到其他猎物，只好没精打采地踏着入冬后头一场大雪朝山林外走去。刚走出一小片白桦林，他迎面便看见一只火狐狸叼着一只肥硕的山鸡，昂着头从一片布满塔头墩子的沼地钻出来。李永福稍微愣了片刻，随即端起猎枪，残阳的冷光在乌黑枪管上跳跃了一下，随后霰弹带着尖厉的呼啸声喷射出去。他自信地放下猎枪后，才发现刚才那一枪并没射中那只火狐狸。

　　火狐狸也吓了一跳，扔下叼在嘴边的大山鸡，仓皇逃窜。它连续越过几棵白桦树，眼看它那白色尾巴尖在暮色中一闪，随后消失在暮色笼罩的山林里，李永福恼怒地踢了叼起山鸡的黑子一脚，随后提着猎枪追赶上去。在黑子的引导下，李永福来到这个洞口旁。他吆喝住伏在洞前狺狺狂吠的黑子，随后从旁边拣起一根木棍探进洞里。可木棍没探多远，山洞拐弯了，木棍戳在坚硬石壁上。

李永福直起身子，向四处张望一番，发现不远处有一棵酒盅粗的小柞树，光滑的树干在残阳下闪烁着青铜般的光泽。他把黑子留在山洞口，几步来到小柞树前，从小腿外侧掏出猎刀，将那棵小柞树砍断，随后削掉多余的树杈，将那棵小柞树制成一柄结实而富有弹性的木叉。

李永福不止一次见过这只白尾梢火狐狸，见过它那红色身影在收割后的苞米地或大豆地里一跳一跳地捉田鼠。它那火红而柔软的狐狸毛诱人地在瑟瑟秋风里抖动，带有白梢的大尾巴夸张地拖在身后。看见那漂亮的火狐狸，李永福不禁联想到在电影里看见过的那些贵妇人披在肩膀的漂亮狐狸尾巴围脖，他也想给自己的妻子弄一条那样漂亮且高贵的狐狸尾巴围脖。可那只狡猾的火狐狸一直躲在霰弹的射程之外，还没等他靠近就已经跑远了。

为了得到那只火狐狸，李永福一次次唆使猎狗黑子追赶，迫使火狐狸逃向茫茫野草甸子。待李永福拎着猎枪气喘吁吁地赶到跟前时，火狐狸早已经不知去向，沼地边缘只站着黑子，它正朝那片充满诡诈杀机的沼地狂吠不已，气得李永福朝沼地上接连空开了两枪。那时他以为火狐狸的窝肯定在这片茫茫沼地的某一个角落，于是他领着黑子把沼地几乎翻了一个遍，但还是没找到火狐狸洞。越是这样，李永福越想得到那张漂亮的火狐狸皮。傍晚回到家，他放下猎枪，连口水都没顾上喝，直接去了只剩一只眼睛的魏老贵家。

坐落在街津山下的这个小山村，喜欢打猎的人并不少。每年秋收结束后，村里那些男人便摘下挂在墙上的猎枪，到山林里打野猪、打狍子，或打几只山鸡、野兔回来炖蘑菇。他们都是一些草包猎人，真正能称得上炮手的，只有魏老贵一个。

魏老贵是一个职业猎人，他们家族世代全靠打猎为生，但最后都没有好结果。魏老贵的爷爷死在一头熊的熊掌之下，他的父亲在山里打野猪时被同伴误伤，还没等抬到家就在半路上咽气了。传到魏老贵这一辈儿，他的猎技已经达到炉火纯青的地步，他只要看见野兽的踪迹，就能认出那究竟是一群狍子，还是一群鹿；他只要把手放在蹄印上试一试，就能说出这头山牲口走过去多长时间，值不值得继续往前追赶。

这年冬天，街津山一带连续下了三天三夜大雪，平地积雪一米多厚，魏老贵拎了一把大斧子进山，蹬一副滑雪板撵上了一群野猪。他拎着斧子冲过去，一顿乱砍乱剁，五六头百十来斤重的野猪倒在了血泊里。魏老贵回村找了几个人，套上一挂马爬犁连夜上山，把被砍死的野猪拉回来，家家户户都分到了野猪肉，满村都弥散着一股烀（hū）野猪肉的香味儿。但提起火狐狸，魏老贵却连连摇头说："什么牲口都能打，只是不能打狐狸。要不是打狐狸，我这只眼睛能瞎吗？"

"为什么？"李永福看着一只眼的魏老贵问。

"那东西邪性，弄不好会把小命搭上呢！"

"我偏不信邪！"李永福丢下这句话，随后起身走了。别看李永福嘴硬，他从魏老贵家回来后，便再没去过那片火狐狸经常出没的苞米地。如果不是这次无意中再次遇到这只火狐狸，恐怕他也不会再想那张漂亮的狐狸皮了。

四周阒然，一直狂叫不止的黑子这会儿也安静下来，虎视眈眈地伏在洞口前守着，做好随时出击的准备。李永福拎着柞木叉回到狐狸洞前，那只火狐狸真躲在洞里，他感觉到一个柔软的物体和柞木叉接触了一下，接着搅在了一起，剧烈地挣扎。李永福蹲跪在洞口旁，用力地转动握在手里的柞木叉，里面传来一阵吱吱的火狐狸叫声——火狐狸的毛缠在了柞木叉上，它被李永福拖到洞口外。

一看见被拖出洞口的火狐狸，黑子立刻咆哮着扑上去，一口咬住狐狸喉咙，拼命地摇晃脑袋，喉底发出一阵凶狠的呜呜声，打破了傍晚山林的宁静。李长福连续几次都没能吆喝住愤怒不已的黑子——曾被火狐狸撕裂过下颌的猎狗终于找到复仇机会，它在尽情地宣泄复仇的快感。

山谷刮过一阵朔风，掠过火狐狸渐渐僵硬的尸体，那身火红狐狸毛掀起河水一般的波纹，一波一波地荡漾，荡漾……

残阳余晖终于消失在层层起伏的波纹里。李永福提起那只火狐狸，刚要离开，猛地想起当他把火狐狸拖出洞口时，似乎看见火狐狸身后缀着一只小兽——肯定是一只小狐狸。他围着灌木丛巡查了一圈，终于发现一只家猫般大的狐崽，正出于本能地躲藏在一块黑色的石头后，蜷成一团，瑟瑟发抖。他走过去，把那只小狐狸拎起，见那是一只小母狐，一个想法突然出现在李永福的脑子里——村子里已经有人家饲养紫貂和貉了，他也曾想过养点什么，只是价格太贵，最后只能放弃。要是把这只小母狐带回家养，岂不是可以生很多很多漂亮的小狐狸吗？

西边天空渐渐暗下来，树林里也变得朦胧起来。洞里不会只有一只小狐狸，肯定还有更多。只是天色已晚，他不想再挖出那几只小狐狸，于是他搬起几块大石头把狐狸洞口死死地堵住，随后他抱起那只小母狐，枪头挑着火狐狸尸体，一步步地朝山下走去。

当第一颗星星在天边闪烁时，他已经走出山林，来到沼地边缘。偶尔有夜风掠过，传来阵阵林涛声，又渐渐消散，身旁沼地再次陷入了沉寂。那沉寂的沼地和夜色凝结在一起，变得越来越凝重，无法化开。远处突然跳出来几盏昏黄的灯火，那里就是李永福居住的小山村。

四只小狐狸

李永福把那只小狐狸扔进曾养过鸡的铁丝笼子里，随后关上门。只见那只小母狐战战兢兢地支起身子，朝他看了一眼，倏地蹿向笼顶，嘭的一声弹了下来，重重地摔在铁笼下。

随后小母狐再次爬起，换了一个方向扑上去……

蹲在铁笼子旁边的黑子不停地翕动鼻翼，一次次凑到笼子旁，嗅那只关在笼子里的小母狐身上的陌生气味，随后它后退一步，龇着牙，朝笼子里的小母狐狂吠不止。直到听见主人吆喝，它才不情不愿地放下支在笼壁上的两只前爪，睥睨着那只铁笼子，呜呜地哼叫……

"回狗窝里去，黑子！"李永福踢了猎狗一脚。黑子低着头，弓着腰，不情愿地钻进狗窝里躺下。

第二天早晨，李永福再次来到昨天打死红狐狸的洞口旁，用镐头把狐狸洞刨开，拎着洞里的三只小狐狸的脖子装进麻袋里，随后背回村子。

四只小狐狸，除了第一天抱回的是只小母狐外，其余三只都是小公狐。那只小母狐看见同伴，立刻爬了过去，和新来的三只小狐狸一起躲在铁笼子一角，挤成一团，只有脊背暴露在外，像遭受到电击一样，阵阵战栗。

看见又来了几只小狐狸，猎狗黑子显得更加亢奋，不停地狂吠。

"再敢乱叫，看我不踢你！"李永福从屋里走出来，踢了黑子一脚。见主人真的发怒了，黑子赶紧钻进狗窝，在窝里原地转了一圈，随后老老实实地趴下。见主人离开了，黑子再次从狗窝里钻出来，敌视的目光再次盯上笼子里的几只小狐狸。过了好几天，黑子才渐渐习惯了，终于安静了下来。

小狐狸关在笼子里已经第三天了，可它们一直不肯吃食物。放在笼子里的几条小鱼已经冻得硬邦邦的，外面挂了一层白霜，可它们连看也不朝那边看一眼。连续几天都没吃食的小狐狸瘦了，两根后胯骨高高支棱起来，好似沼地的塔头墩子，挑着一丛枯草似的乱蓬蓬狐毛，在寒风中瑟瑟抖动。

魏老贵到李永福家来串门时，看见他正蹲在铁笼子旁发愁呢！魏老贵上前看了看笼子里的四只小狐狸，随后说："我说永福呀，你还是赶紧把它们放了吧，养不活的，别让它们活受罪了。打猎哪有连窝端的呀？"

"你说什么，你让我把它们放了？不放！我要把它们养大，下一窝又一窝狐狸，得到很多很多张漂亮的狐狸皮。"其实，李永福不是不懂猎人的规矩：打大留小，猎公不杀母，更不能把一群野兽赶尽杀绝，怎么也得留下几只。只是这几年山外人也闯进山里来了，一切才都乱了套。与其便宜那些外来人，还不如自己得了呢！别以为山里人傻，他们也有自己的小心眼呀。

"我劝你还是把它们放了。野牲口，不好养。这可不像养鸡那么容易，把它们都养死了，哪来的狐皮？"

"你别不相信，你看我能不能把它们养大！"李永福是一根筋，脾气也特别倔，别人劝他朝东，他偏要朝西走。说罢，他从麻袋里抓起一条冻得硬邦邦的小鱼，回到笼子前，逗几只小狐狸："来吧，怕什么呀？你们来呀，来吃吧，快来呀……"

那只小母狐竟真的小心翼翼地凑过来，探出它那湿漉漉的小黑鼻子闻了闻，突然把那条小鱼叼住，拽进笼子里。李永福高兴得高声叫起来："你看，魏老贵你给我好好看一看……"

"嘿嘿……它还真吃东西了？"魏老贵也好奇地睁大了那只独眼，凑到笼子前。不料，听到魏老贵的说话声，那只小母狐丢下小鱼，又跑回了狐狸堆里，还立刻引起一阵骚动。

"哈哈……"魏老贵看罢，又是一阵狂笑，"你好好看看，狐狸吃了吗？"

那条小鱼还完整地躺在笼子一角，小母狐一点没动，鱼上连一个牙印都没留下。李永福恨恨地拽开笼门，一只手已经伸进去，半途中又缩了回来，他撇下魏老贵独自回屋，随后背起猎枪出了门。

"都下半晌了，又出去干什么呢？"李永福的妻子从屋里追到柴门外。

"我去打只兔子回来！"李永福扔下这句话，随后头也没回地出了村子，直奔那片茫茫沼地……

等他回到村子时，冬日的太阳已经落到远山后了，各家房顶上笼罩着一层淡蓝色的炊烟，袅袅地升腾，在村庄上空缭绕。他把几块野兔肉扔进了笼子里。他在那里看了一会儿，可那几只小狐狸仍旧不肯过来吃食。李永福叹了一口气，怅怅地走进屋子。

睡醒一觉，李永福猛地想起喂食时，好像忘记关上笼子门了。他急忙跳下地，趿拉着鞋，披上棉袄跑到屋外，来到笼子前，借着微弱星光看见四只小狐狸都还在，他这才放心了。他摸了摸笼门的铁销，果然没插上。他插铁销时，看见小母狐也在抬头瞧着他，一双眼睛在暗处闪烁着幽幽绿光。这时，他无意中看到那几块放在里面的野兔肉，顿时把他乐坏了——好几块兔肉已经被啃掉了一半，上面还留着牙印。

北方冬天的夜晚实在太寒冷了，不能在外面待太久，他身上那点热气几乎被吹个精光，他抱着膀子哆哆嗦嗦地跑回屋。躺在炕上的妻子睡眼蒙眬地问："又干啥去了？半夜三更的。"

"告诉你，那些小狐狸吃食了！"他兴奋地说。

"你呀，你的心都让那帮狐狸勾走了。睡吧，睡吧……"妻子说着，翻了一个身，又昏昏沉沉地睡去。

那几只小狐狸中，李永福最喜欢的当然还是那只小母狐。这天，他把一块狍子肉从笼门递进去，对那只小母狐说："你不是喜欢吃肉吗？来吧，吃吧，吃吧。"

小母狐禁不住狍子肉的诱惑，小心地走过来，歪着小脑袋盯着李永福手里的狍子肉，半天不动。

"来吧，别怕。"他把肉又朝前送了送。

小母狐后退了一步，又站住了。可只是那么片刻，它突然叼住那块狍子肉，拖进笼子里。其余三只小公狐看见小母狐叼在嘴上的狍子肉，立刻冲上前来，把小母狐的狍子肉抢走了。笼子里一时乱成了一团，你争我夺地各自抢到一小块肉，狼吞虎咽地吞进肚子里。见那块狍子肉被其他三只强悍的小公狐瓜分了，而小母狐一点也没吃到，李永福又割了一块狍子肉递给它。这次小母狐没再犹豫，立刻把他手里的狍子肉叼过去，只简单嚼了几口，赶紧吞了下去。

那只小母狐的胆子越来越大了，只要看见李永福就会在笼子里转来转去，舌头还不时舔几下嘴丫子，露出一副馋相。李永福把指头伸到笼子里，小母狐居然伸出那个粉红色小舌头舔舐、吸吮他的手指，有时还会从笼门旁残损的破洞里伸出一只爪子，和李永福嬉戏打闹。确实，这只小母狐长得也越来越招人喜爱了。你看它那尖尖的下颌，白白的脸颊，还有那个黑黑的鼻尖，很像画里的小狐仙。当然，李永福喜欢小母狐并不是因为它长得漂亮，主要还是指望它以后能生下一窝窝小狐狸，那样他就可以卖好多好多钱了。

笼子里的战争

还没等太阳升起来，李永福已经到了村外小河边。河对岸有一只布谷鸟躲在树杈上无忧无虑地歌唱着："布谷，布谷，布谷……"

春天的小河边，铺满了嫩绿小草，绿茵茵的草地上点缀着金黄的蒲公英花，显得生机勃勃。李永福把抄罗子探进用芦苇插成的"迷魂阵"里，一通猛搅，十几条柳根子和老头鱼在网兜底下乱蹦乱跳，在晨曦中无奈地扭动身子。他看也没看，随手把网里的小鱼倒进身边桶里，接着又捞第二网。

春天到了，地里的活也多了，李永福没工夫到山里转了，为了喂养四只越长越大的狐狸，他在小河里插了一圈苇箔，每天从箔里捞几斤小鱼回去。当太阳从东山顶露出头来时，他已经拎着桶走在回村的路上了。

李永福从河边回来，第一个冲出来迎接他的总是黑子，它摇头摆尾地一次次朝他身上扑。接着便会看见四只小狐狸在笼子里蹿来蹿去，四对眼睛紧盯着散发腥味的装鱼桶。有时，李永福会故意逗逗那几只小狐狸，就是不把桶里的鱼投进笼子里，急得四只小狐狸不停地上蹿下跳。

开春后，四只小狐狸长得特别快，那身灰色的皮毛也已褪尽了，新长出来的皮毛泛出金黄色光泽，像那金秋沼地一样，荡漾着一层金黄色波纹。几只小狐狸已经习惯笼子里的生活了，一听到开笼门声，就立刻挤到铁笼前，盯着他把食物放进去；直到把食物吃光，它们才会意犹未尽地舔着嘴丫子，歪着脑袋看着李永福。可这几天，那只小母狐的食量明显减少了，甚至在他往笼子里投食时也不肯过来，只是眯缝着眼睛，蹲坐在笼子里，若有所思地望着村外遥远的街津山。

这天他从河边回来，拎桶进到院子里，竟没看见狐狸以往那种焦灼而期盼食物的眼神。三只公狐围在那只母狐身边大献殷勤，不停地围着它转。而那只母狐则优雅地扭动腰身，在它们中间藏来躲去，掀起一股温柔风，引逗得三只公狐争相追逐，用嘴巴去拱它，并伸出那滑腻而湿漉漉的舌头舔舐它，想和它亲近。其中一只公狐跃起身来爬到母狐背上，立刻被另外两只公狐扯下来。随后，三只公狐在笼子里咬成一团，不停地上下翻滚。那只公狐被另两只咬得浑身是血，吱吱哀号。

怕它们咬坏了皮毛，卖不上好价钱，李永福赶紧把笼子门打开，那只斗败的公狐立刻从笼子里跳出来，哀叫着躲到李永福身后。然而，笼子里的战争并没因为那只公狐的退出而偃旗息鼓，仍在激烈地进行，剩下的两只公狐再次撕咬在一起。而那只母狐仿佛并没觉得这场战争和它有什么关系一样，它对此毫不关心，仍旧蹲坐在那里，粗大的尾巴横在幽暗的笼子里。它半眯缝着眼睛，翕动鼻翼，贪婪地呼吸从山林里飘过来的那股春天的气息。突然，它注意到院外一棵杨树枝上落的两只麻雀，便一动不动地盯着它们。两只麻雀喳喳地叫着，在树枝间蹦来跳去，快乐地嬉闹着——春天，是一个使所有动物都躁动不安的季节，是让它们难以有片刻安宁的季节！

笼子里的战争终于结束了，母狐身边只剩最后一只追求者——那只脊背有一绺紫毛的公狐，另外两只公狐都被它打败了。连续观察几天，李永福发现紫毛并没有得手，它还是被无情的母狐拒绝了。而更让李永福奇怪的是，他连续几天都发现前一晚插得好好的笼子门，等早晨起来时竟莫名其妙地开了，全靠忠实的黑子一直守候在院门口，才没让那几只狐狸逃出院子。对这件事，李永福开始并没在意，以为笼子门是哪个淘气的孩子偷偷打开的。

紫毛几乎片刻不离地守候在母狐的身边，大献殷勤，却一直不敢靠得太近，只能远远地躲在一旁，歪着脑袋打量着它心仪的母狐，两只赭黄色的眼睛里闪动着温柔的目光。它终于忍耐不住了，再次来到母狐身边，围着它绕了一圈，叼了一条鱼献给那只母狐。而那只母狐似乎没注意到大献殷勤的紫毛，不停在笼子里跑来跑去，甚至蹿上笼顶，在半空中来一个漂亮翻身，随后落下来，怔怔地瞅着笼子外发呆。趁此机会，紫毛再次跟过去，两条前腿搭到母狐脊背上。想不到那只母狐狸回头就是一口，咬得紫毛连声惨叫着躲开了。见紫毛又没能和母狐交配成功，李永福气得恨恨地骂了一句。

"你骂谁呢？"李永福的妻子正从厨房里走出来，奇怪地问李永福。

"那只母狐。"

"它们是一窝的亲兄弟姐妹，不能那样。明儿你到别人家借一只公狐回来。"

"咳，畜生还能懂那些？"李永福虽然嘴硬，可心里还是认可媳妇的话的，他准备明天借一只公狐回来。可他哪里想到，还没等把公狐借来，那只母狐竟然逃掉了。

逃亡之路

山村的夜晚，寂静而安宁，可这个夜晚注定是一个不安静的夜晚。黎明时分，一股浓雾从沼地升起，迅速朝山村弥漫过来，很快整个村庄笼罩在蒙蒙大雾里。被细密露水打湿毛的猎狗黑子，这会儿也躲进了狗窝。那只母狐的爪子从笼子门旁的破洞里探出来，拨动紧插的铁销。可那铁销插得实在太紧了，它试了几次也没能拨开。那只母狐还不甘心，它的体内流淌着野性的血液，而到了春天，在本能的驱使下，它体内那野性的血液流淌得更快了，使它更加焦躁不安，片刻难宁。母狐再次把爪子探到笼子外，终于打开了笼子门。它随即跳出去，直奔那扇柴门，可它的逃亡之路再次被猎狗黑子挡住了。

忠诚于主人的猎狗不知已经多少次把这只狐狸拦截住

了。这次，母狐立刻伏下身子，突然一跃而起，不顾一切地朝黑子冲了过去。可黑子好似一堵墙壁般地压了过来，咬住母狐的一只耳朵，把它摁倒在地。母狐躺在那里，四只爪子不停地胡乱抓挠，绝望地哀叫着。母狐的叫声，使紫毛和另外两只公狐不顾一切地冲上来，把黑子围困在中间。黑子不得不撇下母狐，拼尽全力去对付另外三只公狐。

李永福被黑子的狂吠声惊醒，急忙披上衣裳跑了出来，可一切都已经晚了。他只看见倒在血泊里的紫毛，其他三只狐狸已经不在笼子里，更不知道它们的去向。不甘心让养了快一年的狐狸就这么跑掉，李永福领着黑子再次来到那条狭长的山谷，但只在狐狸洞前发现了几串狐狸脚印。

他领着黑子在附近寻找了半天，始终没发现狐狸的去向，只能无奈地回村了。

李永福坐在院子里的树墩上，盯着那个已经空了的铁笼子发呆。叼在嘴边的纸烟早已经熄灭了，可他竟没有发觉，还在下意识地吧嗒着。妻子知道他的心情不好，也没打扰他，一直躲在屋里没出来。

月亮懒懒地从东山后升上来，沐浴在融融月色下的小山村一片静谧。趴在李永福身旁的黑子突然站起来，狂叫着冲向院外。李永福知道有事，赶紧跟着走出去。他惊呆了——一只逃掉的公狐又回来了。只见那只公狐贴着院墙从外边溜进来，迫不及待地跳上笼子旁的台阶，随后一头钻进敞着门的笼子里，凑近已经发臭的盛鱼的盆子前，头也不抬地嚼起里面的死鱼。见回来一只狐狸，李永福兴奋地喊屋里的妻子："喂！回来了，回来了一只狐狸！"

"真的？"妻子也高兴地从屋子里跑出来。

"你看哪！"

"真的呢！它可饿坏了。"妻子又抓了几条小鱼放进笼子，然后回头问李永福，"那两只狐狸还能回来吗？"

"能。一定能回来的。"他肯定地说。

这天夜里，黑子总是不停地乱吠，隔一会儿，便狂吠几声。李永福几乎一夜没合眼，隔一会儿就跑出去看一看，可直到半夜，也没看见另外两只狐狸回来。

天快亮的时候，李永福被身边的妻子推醒了。仔细一听，黑子在外面吠得更凶了，村里的狗叫声响成一片。李永福披上衣服，来到外面，发现另外一只公狐也回来了，正围着关上门的笼子来回地打转。

他把笼子门打开，那只刚回来的公狐稍稍犹豫了一下，随后跳进笼子里，扑向盛鱼的盆子。它们在外面只待了一天多，就饿坏了。不过，那只母狐却一直没回来——也许，它被村里的猎狗咬死了，再回不来了。

再次相遇

十一月的太阳，像一个大火球般滚落到西边天空，积雪在暮色中闪烁幽蓝色的光泽。收完场后，庄稼人地里的农活也彻底结束了。不仅地里的活计干完了，两只公狐也早已被李永福处理掉了。

关于那两只公狐，李永福多养了一年。他本想将它们留下来做种狐。可两只公狐野性十足，在别人家的狐狸笼子里大闹起来，还把别人家的母狐咬伤了，于是再也没人敢用他家的公狐了。这年冬天落下第一场大雪后，李永福杀了两只公狐，剥了皮，卖到镇上土特产收购站，而原来用来养狐狸的笼子也彻底空下来了。

这天，李永福领黑子进山林里，想打几只野物回家改善一下生活。可山里的野兽已经越来越少了，他在山里转悠了一整天，别说狍子和野猪，甚至连一只野鸡和雪兔都没看见。

初冬的山野，空旷而寂寥。满山的树叶几乎全落了，只有柞树枝上还挂着几片干枯叶子，在山风中不停地簌簌抖动。中午时分，他登上了一座小山岗，觉得眼前的一切似乎很熟悉，可一时又想不起自己什么时候来过这里。

翻过了那座山岗，他才发现自己已经置身于一条狭长而寂静的山谷里。不过他并没有在这里久留，很快离开了这条山谷，朝另一座山头走去。他不愿意去想那只失踪的、可能已经死去的母狐，他认为那是一种失败。到了这会儿，他更加相信魏老贵的话：野生的东西确实不好养。可另外两只已经逃走的公狐为什么又独自回来了呢？他想不清楚。

这几年，那片一望无垠的飘垡甸子越来越小，绝大部分都被人们开垦成了耕地。他不想这样空手而归，准备明天再寻找几片山林，看看能不能有点收获。

天黑时，他躺在一片白桦林里的干草堆上，身旁的篝火毕毕剥剥地燃烧得正欢。跳跃的火苗把树影子变成一群怪物，一耸一耸地跳着扭曲的舞蹈。他蜷着身体钻进干草堆里，不知怎么他又想起魏老贵，想到魏老贵因为打狐狸而崩瞎的那只眼睛。听魏老贵说，那是一个秋天，早霜刚刚染红树叶。那天早晨，他一眼看见有一只狐狸坐在光秃秃的山岗上，正望着那轮初升的太阳。他悄悄走过去，倚在一棵大树后举起了双筒猎枪。谁知，头一枪竟没勾响；他赶紧再勾第二枪，结果子弹竟炸了枪膛，崩瞎了他的一只眼睛。

"什么事情都是该着！"要不是这样，魏老贵的爷爷和父亲怎么都死于非命、不得善终，而魏老贵自己也瞎了一只眼睛呢？

等他一觉醒来，已是漫天一片朝霞，响晴的天空中飘舞着亮晶晶的雪霰，寒气逼人。在晨光映照下，他身边那棵白桦树把自己的影子投向了远方，恰在这个时候，他发现一个黑点正从远处颠颠地跑过来——是一只狐狸。

李永福想都没想一下，就地一滚，躲到那棵白桦树的后面，随即将枪托紧贴他的脸腮，再闭上左眼，右手食指熟练地搭在扳机上，黑洞洞的枪口立刻指向了前方。而在此时，趴在他身边的黑子也在跃跃欲试，眼睛里闪动着兴奋而凶狠的冷光，只等他枪声一响，它就随着霰弹一起冲出去。

那只狐狸似乎并没觉察到危险的临近，还在颠颠地朝他这边跑过来，它的身后还跟随着几只小狐狸。可能那几只小狐狸是头一次跟随母狐来到洞外，对林中的所有一切都有着无可遏止的好奇，它们不停地扑进草丛或蹿上岩石，站在那里仔细地端详。一只落在树上的喜鹊被它们惊动了，喳喳地叫着飞离树梢，竟把一只小狐狸吓得跌坐在地上，它呆呆看着飞远了的喜鹊好一会儿，才笨拙地爬起来。

真是冤家路窄呀！李永福怎么也不敢相信自己的眼睛——跑过来的竟是那只已经失踪一年多的母狐！瞧它那尖尖的下颌、潮湿的黑色鼻子，还有那雪白的尾巴梢，无一不是他所熟悉的。最显著的特征，还是这只狐狸少了半只耳朵——在母狐逃走的那天，他在院子地上发现了小半截被黑子咬掉的狐狸耳朵。见到自己曾饲养过的母狐，李永福一时拿不定主意，不知道该不该开枪。

看见主人迟迟不开枪，黑子等得有点不耐烦了，不停地活动两只前爪，轻轻地发出愤怒的呜呜声。李永福轻轻地拍了拍黑子的头，想让它安静下来。可黑子却错误地理解了主人的意思，猛地蹿了出去。只见它那黑色脊背在枯草中不停地起伏，径直冲向前面的母狐。

黑子的突然出现，使那群狐狸立刻炸了锅，慌忙四处逃窜躲避，很快消失在旁边的枯草丛里，只有母狐仍旧站在那里，一动不动地耸起鼻子，龇着锋利尖牙，向逼近的黑子发出了警告。而身高力大的黑子根本不会把母狐的警告放在眼里，它凶猛地扑了上去。那只母狐似乎也知道自己根本不是黑子的对手，只是虚晃一枪，随即转身便跑，黑子随后追上前去。眼看着它们越跑越远，终于都看不见了。

李永福拎着猎枪，循着猎狗黑子在雪地上留下的脚印，找到一片冒着袅袅热气的泥沼前，才发现忠实的黑子已经深陷泥沼里，并且还在拼命地挣扎，它的身边已经搅起一团团泥浆。这样下去的结果，已经不难想象了，黑子肯定会被泥沼吞没。他呼唤了黑子几声，想让它停止挣扎，然后他再想办法营救黑子。可看见主人，黑子挣扎得更卖力了。等李永福在附近找到一根木棍回来，黑子不仅四腿全陷进了泥沼，连下半截身子也被泥沼吞没了，只有昂起的头和脊背还露在泥沼外。李永福努力地把手里的长木棍递到黑子的嘴边，可黑子陷得实在太深了，它用绝望的眼神看了李永福最后一眼，接着哀叫两声，就被泥沼吞没了。

这时，李永福才发现在泥沼上有一道什么东西经过时留下来的拖痕。他立刻明白了，是那只母狐把黑子诱进了这片泥沼，然后自己四肢趴在泥沼上，爬着出去了。

这时，李永福听到对面山坡上似乎有动静，抬头朝那里望去，只见那只母狐领着几只小狐狸正站在山包上，朝他这边望着什么，好像在嘲笑他和黑子。李永福已经被那只母狐彻底激怒了，他举起猎枪，连续扣动两次扳机，随着砰砰两声，双筒猎枪的霰弹带着复仇的火焰呈扇形喷射出去，可他们相距实在太远了，自然什么都打不到。

随后，李永福端起猎枪朝那边跑去，他一边跑一边往枪膛压了两发霰弹。等他气喘吁吁跑上母狐刚才站过的那座小山岗时，母狐早已经领着几只小狐狸溜走，不知去向了，只剩李永福一个人茫然地站在山岗上……

鲸王

［日本］户川幸夫

庞大的鲸群

太平洋中部，一个鲸群出没于东经一百六十度、北纬三十二度的洋面上。

鲸群从北太平洋一路南下来到这里。这是一个由大约六百头抹香鲸①组成的庞大鲸群，由五头头鲸带领着前行，头鲸都是威猛的雄鲸，体长超过十五米。

它们的嘴边还有被巨大的乌贼吸缠而留下的印痕。这是它们想要吃这些大乌贼时，大乌贼拼命挣扎的结果。有的抹香鲸身上还留有和逆戟鲸②或者自己的同类争斗时产生的伤口。所以，光看外表就知道，这是一群海洋勇士。

鲸群会在寒冷的冬季去南方温暖的海域里生息。每当春天临近，它们就会沿着北回归线，向西通过南鸟岛和马里亚纳群岛，来到琉球群岛附近。接着，鲸群改变方向，沿着日本列岛北上。到了夏季，它们就畅游在北海道和千岛群岛之间的海面上了。

①抹香鲸：齿鲸类鲸鱼中体形最大的一种，头部硕大，体长可达20米。抹香鲸肠道分泌的龙涎香，可用来制作名贵的香料或中药。
②逆戟鲸：鲸鱼的一种，属齿鲸类，雄鲸背鳍大，体长可达10米，雌鲸体形较小，常袭击其他鲸类和乌贼等。

它们是随着海流和水温的变化而游动的，因为海流和水温与鲸鱼食物的多寡有着密切的关系。人们把鲸鱼游动的海域称为它的"栖息地"。人们深信，在从东向西的、浩瀚的太平洋中间，至少有五处抹香鲸的栖息地。

这个庞大的抹香鲸群不会游近夏威夷群岛。它们也不会越过赤道，进入南太平洋。那儿的海域有别的鲸群存在。鲸群是不会擅自进入异域，和别的鲸群争夺其他海域的。它们热爱和平。

一旦鲸群的规模扩大到六百头，那么它们游动的海域也随之扩大。放眼望去，四处的海面上不时冒起水雾状的水花，这样的水花被称为鲸鱼喷水。这并不是鲸鱼喝下海水后喷出的，而是和鲸鱼的呼吸有关。在鲸鱼呼气的同时，进入鼻孔的海水会呈喷雾状高高地喷射出来。鲸鱼喷出的水在阳光的照耀下反射出银色的光辉，深蓝色的海和天把它衬托得更加鲜明，就是在几千米以外也能看得清清楚楚。

这片海域也是船舶的定期航线，一艘白色的美国客船正好从这儿经过。船上的老船长平时对鲸群见得不少，但当他见到这个庞大的鲸群时，一时间还是被惊得目瞪口呆。老船长对着麦克风，通过扩音器向全船的人员特别叮嘱道："这样庞大的鲸群极为罕见，请大家务必认真观赏……也可用相机拍下这难忘的画面。"

老船长曾在印度洋、大西洋、阿拉伯海、东海等世界上很多的海洋里航行过。他担任这艘船的船长有十年了，其间不下几十次地在太平洋上往返，但是，这样壮观的场面他还是第一次看到。

今天乘坐这艘船的人真可以称得上特别幸运。之所以这么说，是因为面对这堪称千年一遇的旷世奇观，船上的人们能一边拿着盛满香槟的酒杯，一边惬意地观赏。

听到船长幽默风趣的广播后，几乎所有的旅客都跑到甲板上，睁大眼睛，屏声敛息观赏着。

到处都是鲸鱼。无论船的右舷还是左舷，无论是船头还是船尾，到处都挤满了成群的鲸鱼。在海天相连的地方，鲸鱼们正不时地喷出水花，水花接连不断地发出炫目的光芒，就像一朵朵绽放的白莲，又像一个个炸开的炮弹。

"这简直就像凡尔登①要塞里开火的大炮，我感到那大炮发射的炮弹正发出嗖嗖的可怕声音，从我的头上飞过。"一个参加过第一次世界大战的德国老绅士把手搭在孙女的肩上，这样说道。

一个参加过太平洋战争，在冲绳负伤的美国丈夫对妻子耳语道："这就像我们围攻敌人岛屿的舰队。不过今天没有飞来一架日本的神风特攻队飞机，它们真是幸运。"

船长叫来报务员，请他帮忙向自己朋友所在的捕鲸公司发送情报。他还不忘补充如下话语："即使捕鲸船从美国全速赶来，估计也难以捕获这个鲸群。但我还是想告诉他们，因为这样庞大的鲸群实在罕见……"

除了喷水，抹香鲸还要经常清洗鼻子。它们的头部约占

---

①凡尔登：法国城市。第一次世界大战期间，这里爆发了凡尔登战役。

体长的三分之一，非常庞大。在它们那巨头的左侧斜前方，有一个开着的鼻孔，鼻孔足有五米深。所以，抹香鲸有通过喷出滞留在鼻腔里的海水来清洗鼻子的怪癖。这种现象在其他鲸类中是看不到的。

由于形成了庞大的群体，这些素来对引擎声敏感的鲸鱼此时并不害怕客船，它们肆无忌惮地在客船的前后左右出没。于是，客船不得不改变前进的方向。因为如果受到鲸鱼巨头的顶撞，船上的铆钉或螺栓也许会发生松动。

就在客船和鲸群相遇的两天后，这庞大的鲸群又开始慢慢地向西移动。在鲸群中，有一头体形最大、体长近二十一米的雄性头鲸游在最前面，它带领着大约二百五十头鲸鱼。其后是由一头体长约十六米的雄性头鲸带领的大约一百五十头鲸鱼组成的群体，接着是两个各有约八十头鲸鱼的群体，最后又跟着一个由四十头鲸鱼组成的小群体——只要仔细观察这个庞大的鲸群，不难发现它们是由上述五个分群所组成的。

鲸群是由成年的雌鲸们和数量与之大致相当的幼鲸们组成的，这个群体也被称为"后宫"。从体形上来看，群体中的鲸鱼都相当大，有的雄鲸只有三岁，但体长已达九米。而领导这个"后宫"的只有一头成年雄鲸，它是这个群体的头鲸。偶尔也有三头头鲸在一个群体里的情况，但这种现象极为罕见。

做头鲸并不是一件容易的事，只有在残酷争斗中获胜的鲸鱼才有做头鲸的资格。为了长久保住首领的地位，头鲸丝毫不敢疏忽大意，即使对自己的孩子也是如此。雄幼鲸一旦到了可离群的年龄，头鲸就会毫不留情地将它从自己的群体里驱逐出去。

当五个分群会合组成庞大鲸群的时候，统领鲸群的必然是游在最前面、率领最大"后宫"群体的那头头鲸。头鲸也是按力量强弱排序的，以彰显自己的威力。

在第一分群里，最大的雌鲸大约有十五米长。那头雌鲸带着三岁的幼鲸，紧随在上了年纪的总头鲸后面游动。它的腹部奇大，已到了生产的时候，看样子怀的还是双胞胎。

一月末的时候，鲸群通过南硫磺岛附近海域，来到了冲大东岛一带的海面上。那时，总头鲸听到水中传来轻微的嘈杂声，知道一个由其他头鲸率领的鲸群正在前方数千米远的海面上前行。

鲸鱼的身体庞大，耳孔却很小。在眼睛和胸鳍的中间有一个很小的孔，那就是鲸鱼的耳孔，耳道最深处的鼓膜是一个灵敏的接收器。

鲸鱼会从鼻子里发出特殊的声音，传到人耳里是"哗——"的响声，听起来像是悦耳的笛声，这种声波在水中能准确地传送到相当远的地方。

前方那个由年轻的雄鲸组成的鲸群直接游向了琉球群岛，总头鲸这才放下心来。因为两个鲸群的游动路线不同，看来是不会狭路相逢了。

这头上了年纪的总头鲸了解各种情况。它绝不会带领那些即将生育幼鲸的母鲸进入荒僻或者寒冷的海域，它也不会带领鲸群过于靠近陆地，因为它害怕在那儿会遇上可怕的怪物——捕鲸船。

除此之外，总头鲸还知晓各种防身知识。所以，在这个时候，它率领的鲸群是不会靠近陆地的。这个庞大的鲸群在土佐海和熊野滩①之间的宽阔海面上缓缓北上。虽然明知再靠近海岸一些，就能捕获到丰富的乌贼和鲅鱼，但是总头鲸考虑到鲸群的安全，坚持不靠近海岸。

当鲸群来到熊野滩那宽达九百二十千米的海面上时，那头怀孕的雌鲸的庞大身躯突然开始变小，原来它怀的双胞胎中的一个已经胎死腹中了。

有时，抹香鲸因为胎体过大，营养供给不足，双胞胎中会死掉一个，那个死去的胎儿就会在腹中分解，为母鲸供给营养。这是一种自然现象。

此时，鲸群内的母鲸们已经生下了许多幼鲸，数目大约有五十头。那些用乳汁哺育幼鲸的母鲸们时刻感到饥饿，所以十分渴望去食物更丰富的北部海洋。但是，这样一来，原先怀有双胞胎的母鲸就无法再次生产幼鲸了，因为母鲸在生下幼鲸之前不能去寒冷的海洋。

进入八月份，那头母鲸终于到了产崽的时候，但它却无法顺利生产，为此它感到非常痛苦。它难受得不停摆动着尾鳍，搅起一阵阵浪花。

---

①熊野滩：西北太平洋上，日本纪伊半岛南部、和歌山县南部与三重县南部的沿海岸海域，自古代起就是海上交通的要冲。这里常年有日本暖流通过，故也是天然的渔场。

经过了好几个小时，那头母鲸终于产下了一头幼鲸。在长时间的适应以后，幼鲸筋疲力尽地漂浮起来，很快便恢复了元气，又一头扎进水里。接着，它像其他吃奶的孩子那样，开始寻找母鲸的乳头。

这头只有五米长的幼鲸，用嘴唇触碰十五米长的母鲸的腹部，因为它的眼鼻功能还不健全，只能靠嘴唇。终于，幼鲸找到了妈妈的乳头。母鲸的身体稍稍倾斜，以方便幼鲸吮奶。

能用母乳填饱肚子的幼鲸，一天可以长三四厘米。

鲸鱼母子

两年过去了。当年的幼鲸已经逐渐长大，身长达到九米。但它还是很淘气、任性，喜欢黏在妈妈身边。

两年前的总头鲸因年老体弱已离开了鲸群，由别的雄鲸取代了它的位置。新的总头鲸战斗力很强，但经验不足，所以它率领鲸群行动时总会遇到各种各样的问题。一个鲸群如果没有可信赖的总头鲸，自然会解体。这个鲸群也不例外。

外面的雄鲸看到这个鲸群杂乱无章，便趁机来侵袭、捣乱。于是，这个庞大的鲸群终于解体了。

鲸鱼母子所在的鲸群是由五十头左右的鲸鱼构成的小群体。由于所需的食物并不多，所以这个鲸群是所有鲸群中最具活力的。

依照每年的惯例，新头鲸要带领这五十头抹香鲸北上日本列岛，八月份到达北海道钏路①以外四百千米的海面上。

那年的海流和往常有些不同。目的地海域的水温为二十摄氏度，这对抹香鲸来说非常合适，但对乌贼来说有些偏高。乌贼希冀的是十至十七摄氏度的水温，为此它们不断地沿着日本列岛北上或者南下。

由于水温偏高，乌贼群已经北上了。它们从野付水道②涌入鄂霍次克海，然后绕过知床半岛，从纲走海域进一步扩展到纹别海域。鲸群的新头鲸决定追逐乌贼群。

那些雌鲸对此都很担心，因为鲸群还没去过浅浅的野付水道，更没进入过鄂霍次克海。一般来说，那儿的海水温度一直很低，这对怀孕的母鲸和刚出生不久的幼鲸是很不利的，它们无法接近那片水域。

虽说今年的水温与往年不同，但它们还是很担心。如果是原先的头鲸，想必不会贸然行事吧？那些雌鲸在心里默默想着。

确实，那儿的食物非常丰富，乌贼群密密匝匝地聚在海底，足有厚厚的一层。鲸鱼们可以倒竖着身体钻入海里，在海底半张着口到处捕食猎物。于是，那成千上万的乌贼就像被吸尘器吸附的垃圾一般，通通被吸入鲸鱼的肚子。

鲸鱼的祖先在远古时代就生活在地球上，那时它们通过噬食弱小的生物来维持生命，所以牙齿进化得无比锋利。而

---

① 钏路：日本北海道钏路支厅南部的一座城市，除了是钏路支厅所在地之外，也是北海道东部最大的城市。

② 野付水道：日俄北方争议领土——国后岛（俄罗斯称库纳施尔岛）和北海道野付半岛间的海域，现为日本和俄罗斯实际的海上国境线。

现在，鲸鱼的口中只有二十多对牙齿排列在下颚，上颚的牙齿则深埋进牙床，退化消失了。

所以，鲸鱼的牙齿已经失去了咀嚼的功能。事实上，它们也无须咀嚼，因为抹香鲸会把追捕到的食物整个吞入腹中。

这时，那些最初惶恐不安的雌鲸也因为看到大量的乌贼而专注地忙碌起来。它们先浮上海面深呼吸，接着又钻进海水里进行半小时或一个小时的捕食。这个鲸群喷出的水花从很远的地方就能看见。

虽说是在夏季，但是一到八月底，知床半岛海域的气温就和秋末一样了。那些鲸鱼清洗鼻腔用的水和被鲸鱼的体温加热过的空气一起喷向空中，形成高高的水柱，像喷雾一样，在阳光的照射下闪闪发光。以纲走和纹别的港口为基地的捕鲸人不可能看不到这种景象。

"真是太难得了，那是抹香鲸群呀！"一个在捕鲸船上担任瞭望手的水手大声喊道。

"这里怎么会有抹香鲸群呢？你确定没有看错？"听到水手的喊声，其他船员质疑道。

"抹香鲸群绕过知床岬①来到这儿实在很少见啊，不会是拜氏鲸②吧？"站在下面的船长大声问道。

---

①知床岬：位于北海道东北部，是知床半岛前段突入鄂霍次克海的一个岬。
②拜氏鲸：有喙鲸的一种，体形庞大，主要捕食栖息于中深层海域的生物，以乌贼、章鱼等为主食，偶尔也会捕食鲭鱼、沙丁鱼等鱼类。日本外海是其重要的觅食场所。

"假如是拜氏鲸的话，即使是斜着身子喷水，水柱也会是笔直向上的，跟抹香鲸喷出的水柱是不一样的。"瞭望水手解释道。

"是吗？这样说来是不一样。再说，抹香鲸的鼻子是弯曲的……看来今年海洋相当暖和……"船长喃喃自语道。

捕鲸船那可怕的引擎声立刻惊动了抹香鲸群，雌鲸开始惊慌地骚动起来。

看到妈妈不安的举动，那头惯于撒娇的幼鲸立刻游回妈妈身边。幼鲸想知道妈妈为何如此不安，它对于来自周围的、越来越近的引擎声，以及船用螺旋桨在水中发出的声音茫然无知。

此时还没有清晰地看到捕鲸船的影子，也闻不到钢铁和机油的气味，只有鲸鱼灵敏的耳朵捕捉到了令它们不安的声音。

"哔——"头鲸发出了信号音，这是立刻逃跑的信号。于是，四周的海面上顿时升起鲸鱼冒出的水花，泛起阵阵的泡沫。鲸群集合起来了，但它们的身影很快又消失了。其后，海面上只留下一大片旋涡。十分钟后，两艘捕鲸船来到了那片海城。

"鲸群已朝东北方向游去了，它们一定会在那儿浮出海面。"其中一艘船上一个上了年纪的炮手用手指着知床岬一带说道。

对一个经验丰富的炮手来说，通过观察鲸鱼潜水的角度，就能准确地估算出鲸群朝哪个方向游动。

"绕着海岬行驶太麻烦了，阿峰，你们的船应该从正面追过去。"另一艘捕鲸船上的炮手大声喊道。

两艘船再次分头行动。那个被唤作阿峰的炮手所在的船向海岬的前面驶去，另一艘船则调整航向绕往幌向海域，等待时机。

抹香鲸有很强的潜水能力，深潜可达两千米，它们甚至能屏住呼吸潜水至少一个小时。如果持续潜水，抹香鲸会因呼吸困难而浮出海面进行十分钟的换气，在此期间它无法再度下潜。所以这十分钟是捕鲸成败的关键，捕鲸船必须在鲸鱼无法下潜的时候赶到现场，及时射出捕鲸的标识标枪。准确预测潜水的鲸鱼会在哪片海域浮出海面，并在十分钟之内赶到那儿，这是炮手最重要的工作。

当母鲸潜水时，幼鲸也会随之下潜。这时候，它们那宽大而扁平的尾鳍就能发挥作用了，因为尾鳍具有极好的划水功能；而藏在鲸鱼巨大头部内的鲸脑油具有精确测量潜水深度的功能。

鲸鱼的肌肉里含有比在陆地上生活的哺乳动物更多的肌肉色素蛋白质，能够储存氧气。因此，鲸鱼即使全身潜入一千米深的海水里，也能始终保持良好的身体状态。

在追随母鲸潜水游动的过程中，那头幼鲸渐渐感到呼吸困难——其他同伴是怎样的情况呢？它们看来都没有问题。

那头幼鲸实在无法忍受，不得不浮出海面。

外面是耀眼的阳光。幼鲸一下吐出了积存的气体，它的头部冒出高高的水柱，随即响起了"哈哈"的喘气声。幼鲸向周围看了看，发现附近也有和自己一样喘气的同伴。

"哔——"头鲸又发出了危险信号，这种尖锐的声音表明敌人已经临近。于是，四周不断响起鲸鱼再次潜水的声音。但是那头幼鲸还没有做好潜水的准备。

这时，身后似乎有一股力量压住了幼鲸的背部，一直把它压到水里。

就在幼鲸明白是妈妈来帮助自己的一瞬间，它的背上响起了母鲸可怕的叫声。接着，母鲸在惊叫声中仰面朝天地离开了幼鲸的背脊。幼鲸顿时感到非常害怕。于是，它拼尽全力游动着，追赶自己的同伴。

自那以后，妈妈再也没有现身。幼鲸开始明白，在那滚滚的海水中发出的声音是多么可怕。

失去妈妈后，幼鲸突然发现，不知为什么，自己似乎成了群体的弃儿。如果跟着妈妈，自己即使个头儿长大了，也还是会被当作小宝贝那样娇纵的。

由于父母身躯庞大，这头幼鲸虽然只有两岁，却显露出一头年轻鲸鱼的健美体魄。它现在看上去已是一头成年的雄鲸了，其他鲸鱼不再把它看作小孩子了。

一天，头鲸突然猛烈地顶击这头幼鲸的肋腹部。就在幼鲸惊魂未定的时候，头鲸又一口咬住了它的尾鳍，将尾鳍硬生生地咬掉了一块。

"从我的群体中滚出去！"这是头鲸在向它发出命令。被群体斥逐的断尾鲸加入了另一个由许多年轻雄鲸组成的群体。

勇敢的勋章

自那之后又过了六年。

被咬残了尾鳍的幼鲸已经长成八岁的年轻雄鲸。虽然刚到青年阶段，可它的身长已达十五米，体重超过了三十吨。在同伴之中，能达到它的身长和体重的屈指可数。

在抹香鲸的世界里，对雄鲸而言，带领那些雌鲸和幼鲸在海上游动是极其光荣的。

雌鲸则会跟着雄鲸和谐生活，至死不渝。雌鲸自出生后能过上八年至十年如公主般的生活，然后出嫁，成为母亲，了此一生。但是，雄鲸却不能这样生活，它的和平岁月只有厮守在母亲身边的两三年时间。其后，它就要踏上"修行之旅"。如果没有实力，它将一生潦倒。

雄鲸的战斗生涯会持续几年甚至几十年。只有真正显示出自己的本领，才能成为鲸群的主人。而一旦成了一个群体的主人，就要随时准备和其他觊觎自己地位的雄性竞争者战斗，如果战败了，就必须离开这个群体。

一月，那头断尾鲸和五个同伴在琉球群岛南端的岛外九十二千米的海面上缓缓北上。除它们之外，还有许多计划北上的雄鲸群体从各处汇集到这里。

糸（sī）满市的渔民们看到那头断尾鲸和它的同伴后，嘴里小声地嘟囔道："抹香……抹香鲸北上的季节到了？"

但是他们的小型平底船①无法捕获这么大的鲸鱼，他们只能眼睁睁地看着那些大家伙逍遥自在地游过去。

琉球群岛周围的海洋虽然很澄澈，但没有鲸鱼所需要的食物。断尾鲸和它的同伴们对那些浅海里的游鱼群根本不屑一顾，它们只想潜入深海，捕捉那些鲀鱼、三齿蟹鱼和角鮟鱇。况且这一带的水温也不太正常，呈现罕见的微温状态，鲸鱼群无法在此久留。

从二月末到三月份，鲸群从土佐海域游到了纪州海域，到达房州海域时已是春天，海岸附近的食物开始丰富起来。

由于人们的追捕，那些雌鲸多的群体只得游向更为遥远的海域。在这些靠近海岸的海域，雄鲸群体就显现出它们的优势来，不过危险也随之增加。

断尾鲸在这儿遇见了那头离开群体的老头鲸。断尾鲸因为当年年纪太小，根本不记得这头鲸鱼曾是自己所在鲸群的头鲸，只知道大家曾属于同一个鲸群。

尽管老头鲸躯体庞大，无论身长和体围都远超断尾鲸，但它毕竟年纪太大了，已经变得毫无生气。它那坚韧的皮肤上附着了许多海洋节肢动物。由于是久未相见的原属同一群体的鲸鱼，断尾鲸和其他同伴一起游近了老头鲸。但是，那头离群的老头鲸只是稍稍看了它们一眼，就默默地游走了。

第二天下午，断尾鲸听到了从遥远的水平线传来的雷电

---

①平底船：冲绳地方独有的一种小型船，平底，船体细长，因轻盈灵活受到渔民的青睐。最早用圆木凿成，现在多用三块木板拼成，类似中国明清时期渔民使用的轻型舢板。

一般的轰鸣声，不由得大吃一惊。若是雷电的话，应该会拖着长长的余音，但是，那贴着水面传来的声音却连续响了两下。

断尾鲸想起了妈妈死去的那一天。现在听到的声音和那天听到的完全相同，也是那种搅乱海面的可怕声音。断尾鲸立刻将头钻入海水，窥视着四周的情况。这时，它听到了一声濒临死亡的惨叫，那是一个同伴发出的声音。

断尾鲸暗忖，受难的同伴说不定就是昨天遇见的那头脾气古怪的老鲸吧。但它万万也不会想到，那头老鲸曾是它们的头鲸，甚至还是它的父亲。

进入五月份，断尾鲸和同伴们通过三陆海域北上。它们自由自在地行进在三百千米宽的海面上，这时，四周突然变得热闹起来，因为有好几个包含雌鲸的鲸群聚集在了这片海域。这些鲸群里有许多看上去是今年春天才出生的幼鲸。

有的同伴偷偷混进那些鲸群，结果受到了对方头鲸的猛烈"头攻"。

"头攻"是抹香鲸最主要的攻击方式，也是非常具有破坏力的攻击方式，能使那些木制的小船瞬间粉身碎骨。

于是，断尾鲸和它的同伴们就像淘气的小孩儿那样，开始了"头攻"比赛。它们先拉开距离，然后"扑通扑通"地冲上前，用自己的头部碰撞对方的头部，落败的一方就要退出比赛。

这虽然只是淘气包的相互嬉戏，但也有特殊的意义。通过这样的游戏比赛，不知不觉之间，群体中就会形成以力量最强的雄鲸为首的排序。在这种"头攻"游戏中，断尾鲸比所有同龄的同伴都要厉害。

在同一片海域待了一个月后，它们碰到一个带领着雌鲸南下到此的鲸群。

这里是北纬四十度的海域，如果过了这个纬度继续北上，水温对于那些刚出生不久的幼鲸和怀孕待产的母鲸来说就太低了。

由年轻雄鲸组成的鲸群则并不担心，它们游经这个海域再度北上。阿留申群岛海域有许多它们最喜欢吃的乌贼，而且那儿的海水很深，有着大量适合它们口味的深海鱼。断尾鲸在这儿和一条长达六米的大乌贼展开激战，结果大获全胜。这是它第一次碰到强敌。

为了不被断尾鲸吞吃，大乌贼舞动它长长的触腕，牢牢地吸附在断尾鲸的嘴唇和头部上方。大乌贼触腕上的吸盘足有碗口那么大。于是，断尾鲸的脸上留下了斑斑点点的伤痕，这种伤痕永远无法消除。

但作为一头雄鲸，这样的伤痕就是它最好的勋章。

断尾鲸和它的同伴们从阿留申群岛海域游向太平洋中部，然后再沿着日本列岛北上。

就这样，几年又过去了。

逆戟鲸和旗鱼

到了十岁，断尾鲸再也不满足于以前那样的生活了。捕食、争斗、睡觉，有时候逃跑，有时又独自在海里四处游动，它一直像这样生活。

说不清为什么，断尾鲸突然产生了一种孤独感。它想要一种更特别的东西。到了十五岁，这种欲望变得越来越强烈。

夏天来到了。断尾鲸带领着十二头雄鲸，经过长约四百六十千米的金华山海域北上。通过水中传来的声音，断尾鲸知道一个带领着雌鲸的鲸群快接近了。听到这种声音，不知为何，它心底突然涌起了强烈的战斗欲望。

它暗自这样想着：冲上去！用全身碰撞对方！

"哗——哗——呜，呜，呜！"断尾鲸这样叫着，浮出海面，决心奋力迎战。它的头部喷出了很大的水花。

这是力量很强的水花，高达十几米，最后在断尾鲸的头部两侧落下，形成了一道绚丽的彩虹。鲸鱼往往通过喷出的水花向对方显示自己的力量，水花有多漂亮，就证明这头鲸鱼有多强悍。

没过多久，两个鲸群就相互靠近了。断尾鲸随心所欲地闯入了对方的群体，对方的头鲸一见此景，不由得勃然大怒。

论体形，两头鲸鱼不相上下，但是对方的头鲸有着丰富的作战经验，而断尾鲸只是在平时嬉闹中常胜不败的年轻鲸鱼；一个是有着与逆戟鲸、捕鲸船以及许多同伴作战经历的头鲸，一个是在很小的时候就被头鲸咬掉了一角尾鳍的断尾鲸。

断尾鲸受到了对方多次猛烈的头攻，以致在接下来的三天里都没能好好地享用一餐美食。

断尾鲸如果是一头胆小的抹香鲸，遭受到这样的痛苦，也许永远都无法重新振作起来了。在争夺头鲸地位的战斗失败后，就此消沉下去的鲸鱼不在少数。断尾鲸却不甘心，因为它继承了曾经构建过鲸鱼王国的先辈们遗传的血脉。断尾鲸开始了深刻的自我反省，它终于明白，自己现在这点力量还远远不够。

遭到头攻的部位传来阵阵疼痛，断尾鲸的内心也承受着巨大的痛苦。它狠下决心：一切重新开始，从头再来！

断尾鲸离开了原先的雄鲸群体，成了孤家寡人。

离开鲸群后的生活，时刻充满着危险，因为它时常会遇到强盗一般的逆戟鲸群，还有身带利器的凶猛旗鱼。

在此后的数年间，这头孤独生活的断尾鲸曾两次受到袭击，幸运的是，它两次都获救逃脱。

第一次是得到了蓝鲸的救助。也不知为什么，就在断尾鲸和逆戟鲸群拼命苦斗的时候，那头大型蓝鲸突然加入了争斗。这种情形极为罕见，大概是因为蓝鲸也经常受到人类或者逆戟鲸的袭击吧。那些逆戟鲸立刻放弃了断尾鲸，转身去攻击蓝鲸，断尾鲸因此得以死里逃生。

第二次是遇到了捕鲸船炮手出手相助。那条捕鲸船的炮手被大家认为是个有点古怪的人，他没有瞄准断尾鲸，反而炮打了逆戟鲸。这个眼睛凹陷、年近五十岁的炮手，由于牙痛，一边咝咝地吸着气，一边慢悠悠地对船长说："鲸鱼嘛，什么时候都能打到，而救助那些弱势的鲸鱼是我必须做的。"船长听了，立刻板起脸，露出了不满的神色。

尽管如此，断尾鲸并没有觉得自己是被别人救下来的。它认为不放弃希望，一直战斗到最后，才是自己最终取胜的

法宝。它知道，为了生存，必须战斗不止，而且它已经体会到了战斗的乐趣。只要一看到对手，它就会毫不犹豫地与之战斗，断尾鲸那球状的头部也因此伤痕累累。

在那些伤痕中，最大的一处是旗鱼上颚的尖刺留下的。旗鱼在受惊或者发怒的情况下，往往会胡乱地摆动头部的尖刺以刺伤对方，因此，它从不畏惧对手是谁。旗鱼有时能用尖刺将渔船刺个大洞使之沉没，甚至还经常用尖刺攻击逆戟鲸和抹香鲸的腹部。

断尾鲸和旗鱼的战斗很突然，谁也不知道究竟是哪方主动发起进攻的。因为双方都具有可怕的狂野性格，一旦相遇，都会认定对方是极好的对手。

但是究竟是哪一方最终获胜，答案是明确无误的：断尾鲸的前额上还插着那条旗鱼折断的尖刺，就像头盔前的饰品一样。

上颚尖刺从根部折断的旗鱼是活不下去的，而断尾鲸即使受伤，面容遭到毁坏，照样能若无其事地活下去。这便是它获得胜利的最好证据。

袭击捕鲸艇

"喂，先生们，你们看，我一直想捕捉的那个大家伙终于出现了！"

那个双目深陷、有点古怪的炮手对坐在捕鲸艇上的两个鲸鱼研究所的研究员这样说道。这个男人平时不善言辞，但是一谈起鲸鱼的事，他就立刻变成一个停不下来的话匣子。

此时，这个炮手手里拿着一支能打入鲸鱼身体的铁制标识标枪，其直径为十五毫米，长度为二十三厘米。

一个年长的研究员说道："不过，我们这次出海的目的是调查一个抹香鲸群，看看这个群体的成员是固定不变还是每年都有变化。了解抹香鲸社会是我们此行的根本目的。"

"哦，我知道了……我刚才说的那头鲸鱼是我很早以前就熟悉的，它是离群的孤鲸中最大的家伙。"炮手说道。

"我们这次不调查离群的孤鲸。"研究员坚持道。

"那当然。不过，它和一般的离群鲸有所不同，所以想请你们务必调查一下。"炮手继续热心地怂恿道。

那个年轻的研究员也对长者建议道："部长，阿峰干这行已经三十年了，是个老资格的炮手，所以他有自己的判断。我建议把这头离群的孤鲸作为一个特别调查项目，对它也做一番调查怎么样？"

"你说的也有道理。"那个被称作部长的长者思考了片刻，说道，"那就试试看吧。不过，即使要调查那头孤鲸，也不用太着急，毕竟调查鲸群才是我们的主要任务。现在还不知道碰到的鲸群里会有多少头鲸。等到把一个鲸群调查完毕，我们再去追踪阿峰说的那头孤鲸，这样安排可以吗？"

"是，遵命！"炮手高兴地向部长低首致礼。

"阿峰，带这些标识标枪够了吗？"那个年轻的研究员问道。

"这里只有五十支，可能不够。不过不要紧，那艘捕鲸艇上还有三十支……"阿峰随即走过去，回头看着另一艘相同类型的捕鲸艇，这样答道。

标识标枪和专门用来捕获鲸鱼的捕鲸标枪不同，主要用来给鲸鱼做记号，为科学研究提供便利。所以，为了不让鲸鱼受到太大的伤害，标识标枪的头部特意被制作成小型的圆柱体，而且上面注明投射标枪时的时间、场所和研究所的名称等必要内容。此后，倘若其他人捕获了打入标识标枪的鲸鱼，捕获者必须通知相关的研究所。

通过投射这种标识标枪，研究人员就能逐步解开众多的谜团，诸如鲸鱼围绕着什么样的海域巡游、鲸鱼能生存几年、鲸鱼社会的组织结构是怎样变化的，等等。

那个年轻的研究员又说道："凭阿峰的技术，肯定能百发百中，所以，有八十支标识标枪就足够了。"

年长的部长笑道："也不能那么说，毕竟我们不知道会碰到多大规模的鲸群。在大约三十年前，有一艘美国轮船在太平洋中部发现了一个由五六百头抹香鲸组成的庞大群体。当时船上的人都大为惊讶，并因此错失了发射标识标枪的时机。"

阿峰有些不服气地说道："您说的在太平洋中部发生的事，我也听说过。好像是我当炮手第三年的时候，那时我正在以纹别为基地的捕鲸船上工作。有一次，我乘捕鲸船闯入了一个庞大的鲸群，在惊叹之余，我还是用标识标枪精确地射中了好几头鲸鱼。"

"那真是了不起啊！"年长的部长称赞过阿峰后又说，"在鄂霍次克海，很少能看见抹香鲸，因为它们一般只围绕着知床岬游动……"

"是这样的，它们最远只到野付水道一带。不过，最近不知为什么，那些鲸鱼好像也有了国境线的概念，据说它们从知床海域来到我们这儿，扮个鬼脸，然后立刻就淘气地朝国后岛方向游去。我还记得那儿的俄罗斯人费了好大的劲儿，不让轮船接近那些鲸群。因为十年一遇的暖流涌入鄂霍次克海，带来乌贼群，那些抹香鲸也随之去往了那片海域。一想起那片海域，我现在还直冒冷汗，因为我曾在那儿犯过大错。那是二十年前的事了，当时我才二十四五岁，跟随捕鲸艇出海作业。在还没仔细看清的情况下，我就连续发射捕鲸标枪猛打猛攻，结果射中了一头带着幼鲸的母鲸。标枪射中以后，我就想：这下糟了，这是万万不能做的事啊。但是再怎么后悔也来不及了。我对那头母鲸真是非常敬佩，当时它为了保护自己的孩子，奋不顾身地扑在幼鲸的身上。从那以后，我一直很后悔，甚至一度不想再当炮手了。"

听了阿峰的话，船上的人都沉默了。少顷，有人问道："鲸鱼是很重感情的动物。没想到阿峰有这样的经历……对了，阿峰，刚才你说那头离群的抹香鲸和普通的孤鲸有所不同，它究竟有什么不一样呢？"

"嗯，如果是普通的抹香鲸，一旦离群后就再也不回头。或许正因这样，人们才会把孤鲸称为孤狼吧！但是，那家伙虽然成了孤鲸，却还总是游弋在离自己曾经待过的鲸群不远的地方，这不就是想着取代鲸群现任头鲸的地位吗？"

接着，阿峰又说起了那头断尾鲸在受到逆戟鲸群围攻时被自己拯救的故事。事实上，这头断尾鲸正如老炮手阿峰所估计的那样，正是在寻找和鲸群头鲸争夺王位的决战机会。

那时，断尾鲸的体长已经远远超过十八米，成为抹香鲸中最大的巨鲸。尽管已经能轻易打败乌贼、旗鱼和逆戟鲸了，但它对自己两次被鲸群头鲸打败的经历还是记忆犹新。人也是这样，面对曾经打败过自己的对手，经常会抬不起头来。断尾鲸的心里也留有这样的阴影。

尽管如此，它并不死心，仍然期盼着与头鲸再决雌雄。如果这次再失利，可就是三度败北了。断尾鲸深知这次事关重大，失败了就会丧命，所以它特别谨慎。它耐心地等待着战机的到来。

它知道自己没有退路，这次战斗一定要取得胜利，到时必须全力以赴，拼死相搏。与此同时，那个鲸群的头鲸也知道那头断尾鲸正觊觎着它的王位，并逐渐逼近自己。

不过，对于头鲸来说，它已有两次打败对手的战绩，所以内心比较松懈，心想：它虽说已经长大了，但毕竟还是个没出息的家伙。它怕我，哪敢来挑战……虽然如此，头鲸还是警惕地注意着断尾鲸的动向。

断尾鲸依旧执拗地追缠在鲸群后面。也正是在这个时候，两艘准备发射标识标枪的捕鲸艇全速接近了它们。

那些雌鲸听到捕鲸艇引擎和螺旋桨发出的声音后立刻不安地骚动起来。当捕鲸艇靠近鲸群时，雄鲸们立刻逃跑了，雌鲸们越发不安起来。

断尾鲸在不远的地方目不转睛地注视着这个鲸群，它要看看头鲸到底采取什么态度。头鲸也知道断尾鲸正在冷眼旁观。

"先生，没错，这是最大的鲸群了。嗬，您看，刚才说过的那头离群的抹香鲸正跟在它们后面。"阿峰站在船头大声喊道。

部长说："好的，阿峰，那就开始干吧，后面的事就交给你了。"

这时，头鲸发出逃跑的信号，但由于捕鲸艇已经十分接近，雌鲸们一片混乱，所以没能及时逃跑。紧接着，标识标枪发射的声音不断地响了起来。

断尾鲸一直强忍着痛苦听着那种声音，因为那声音和当年射中母亲的捕鲸标枪发出的声音十分相似。雌鲸们更加混乱了，连头鲸也惊得到处乱窜。

哼！活该！这头头鲸也太没能耐了。断尾鲸心想，人类一定会这样嘲笑的吧？

鲸鱼们拼命地四处逃窜，一点没察觉身后拖曳着由喷涌而出的鲜血形成的血带——这是它们的身体被标识标枪击中后流出来的血。

断尾鲸感到这次情况与往常不同。

这时，鲸群已分散成四五群各自逃命。很快，它们的身影都消失在了附近的海里，最后，海面上只剩下断尾鲸这头孤鲸了。

当然，断尾鲸也立即感到了令它全身发冷的恐惧。但因为担心被认为无法承担起头鲸的责任，所以它打算继续顽强地撑下去。

我赢了。断尾鲸这样想着。

就在这时，它注意到两艘捕鲸艇中的一艘正朝自己的方向笔直驶来。机灵的断尾鲸知道，这时候自己应该钻到海底，一动不动地倾听捕鲸艇螺旋桨发出的声音，判断它朝什么方向驶去，然后再朝相反方向逃跑。

那艘捕鲸艇越来越近，船上人影晃动。断尾鲸在枪口正瞄准它的时候，慢慢地潜入了海里；接着，它又在捕鲸艇后面悄悄浮出水面。它知道那些危险的武器只在船头。

"先生，请看，那家伙的头部……它打败了旗鱼，但是旗鱼的尖刺就像簪子一样插在它头上。"阿峰对部长说道。

部长叹道："原来如此！这家伙真厉害，还这么机灵。"

"是啊，那家伙对我们船上的捕鲸炮之类的武器都非常了解。"

来回行驶了两三圈之后，阿峰将船停了下来，接着，他命令另一艘捕鲸艇朝自己的方向靠拢。阿峰在船上摆开了架势，准备当断尾鲸在自己这艘捕鲸艇附近浮出水面时，立刻开枪射击。断尾鲸感到很满足，因为它轻易地就愚弄了那艘让头鲸害怕的捕鲸艇。

当听到捕鲸艇的螺旋桨声过去之后，它再次浮出水面。

"哔——呜！呜！"就在它深呼吸的时候，只听砰的一声，它立刻感到自己的脖颈上被刺了一下。

断尾鲸是一头体积庞大的鲸鱼，一点轻微的疼痛对它来说算不了什么。但不管怎么说，"被人类算计了"的愤怒让它感觉非常不快。它不由得想起妈妈从它背上滑落，然后仰面倒下，痛苦离去的情景——断尾鲸爆发了。

刚才只是戏弄捕鲸艇，这次它要主动与它开战了！断尾鲸对准捕鲸艇的中部凶猛地冲去。它那硕大的尾鳍拍击着水面，激起高高的水花。海面上形成巨大的旋涡，海水涌起山一般的波涛。断尾鲸那近百吨的庞大身躯全力向捕鲸艇冲去，捕鲸艇上响起了惊叫声。船长命令全速前进，但是已经来不及了，也许从来没有人在这样近的距离看到过如此巨大的抹香鲸吧？已经没有观察的时间了。接下来的一瞬间发生的猛烈冲撞，就像鱼雷爆炸一般，艇上的人们开始惊恐地跳入海中。

断尾鲸接二连三地发起头攻，那艘小型铁壳船发出了咯吱咯吱的声音。不一会儿，船腹破裂，大量的海水涌入船内，捕鲸艇慢慢地沉入海里。

断尾鲸满足了，它没有再去袭击另一艘捕鲸艇。另一艘捕鲸艇上的船员在谢天谢地的同时，立即开始手忙脚乱地救起落水者。那两个研究所的研究员被打捞起来，浑身湿淋淋地躺在甲板上，他们的嘴唇冻成了紫色，全身不停地发抖，这并不仅是寒冷导致的。

捕鲸艇上的人真正领教了抹香鲸的可怕。

阿峰一边在海水里游，一边看着自己艇上的所有人员被救助打捞上去。他在海中大喊："畜生！下次一定要好好地教训你！"

阿峰的眼泪

断尾鲸充满自信地打败了能把头鲸都吓跑的捕鲸艇，它已经不害怕头鲸了。它傲然地闯入那个庞大的鲸群。已经完全丧失信心的头鲸根本没有迎战就灰溜溜地离开鲸群逃跑了，断尾鲸终于成了鲸群的头鲸。

此后又过去了十年。

在这十年间，断尾鲸成了由五百头鲸鱼组成的庞大鲸群的头鲸。它不能像父亲那样带领超过六百头鲸鱼的庞大鲸群，这主要因为时代发生了变化——捕鲸技术正在不断发展，鲸鱼赖以生存的食物也越来越少。

断尾鲸的身长已经超过了二十一米，这样庞大的身躯在抹香鲸中也是从未有过的。如今的断尾鲸已经没有什么对手了。

断尾鲸，这头机灵的头鲸，带领着它的庞大鲸群，过着平安无事的日子。

不过，任何鲸鱼王国都有繁盛期和衰落期。作为这个王国的国王，断尾鲸在两三年前就感到自己的身体开始渐渐衰弱，尤其是最近，这样的感觉更加强烈了。它没有食欲，经常感到很疲乏，而且身体也日渐消瘦。

它感到在肠道里有一个骨碌碌滚动的结石块，排便的情况也很糟糕，这一年里几乎没有排便。这使断尾鲸越发焦虑起来，担心自己是否已经濒临死亡。

又一年过去了。断尾鲸更瘦了，消瘦的程度是它一年前无法想象的。但它非常要强，很不愿意看到自己被后来者超越。它心想，与其被对手打倒，不如在对手还没出现前主动引退。

于是，它就像年轻时那样，十分爽快地离开了鲸群。以后无论是谁当头鲸都无所谓了，现在自己只需要静静地等待死亡的到来。这一次，它真的成为一头离群的抹香鲸了。

那时候，捕鲸生涯超过五十年并正式退休的阿峰正在东京参加公司为他举行的盛大庆祝会。

阿峰已经七十三岁了。经过长期海上生活的锻炼，他的肌肤看上去要比实际年龄年轻许多，但头发已经完全白了。

"从南大洋到北冰洋，直到太平洋，像阿峰那样在全世界的海洋里追捕鲸鱼的炮手屈指可数。阿峰一生射杀的鲸鱼数量在日本乃至全世界都堪称第一。因此，阿峰是最了解鲸鱼的人。在此，我满怀敬意地提议将阿峰称为我们的'国宝'！对于阿峰来说，离开海洋也许是难以忍受的，但是阿峰毕竟上了年纪，所以我想让他做指导后辈的工作。阿峰即使离开了海洋，也决不会离开鲸鱼，敝公司在此诚意聘请阿峰担任公司的顾问……"

社长作了如此充满感情的致辞后，全场一起举杯庆贺。接着，阿峰小心地穿上崭新的缀有家徽的和服外褂，登上讲台答谢："我不太会说话，就是个乡下老头儿，除了鲸鱼什么都不懂。所以一听到引退之类的事，就像自己的身体被割断一样难受，眼睛也模模糊糊的，看不清。真是没办法。在这里，我只有一个心愿，就是让我做最后一次出海射击……对我来说，还有一头必须射杀的鲸鱼，那家伙一定和我一样都已经老了，现在也许已是一头离群的抹香鲸了，我很想和它再见一面。"

对于阿峰那毫不做作的讲话，与会者给予了理解的掌声，并当场表示会满足阿峰的愿望。

最后是公司的专务讲话，他说："我们公司决定，今后的捕鲸武器由以前使用火药的标枪改为电标枪。正如大家知道的，为了使用电标枪，我们公司抢先买下了专利，并对此进行了深入的反复研究。由于经费的问题，加之还存在使用不便和设备等方面的问题，现在还不能在全公司的捕鲸船上推广使用电标枪。不过，我们的研究团队通过努力，已经研制完成经过改良的小型电炮。小型电炮射程远、命中率高，而且相当节省费用。电炮的最大优点是不管命中鲸鱼的哪一部位，它都能随即发出二百伏的电流，这样鲸鱼就会立刻被电死，它们不需要再像以前那样经受长时间的痛苦。此外，使用电炮的话，鲸鱼的伤口小，不会出现死后立刻沉入海里的情况。所以，我想请阿峰在做最后一次射击时，务必使用这种经过改良的电炮。"

专务的发言结束后，全场再次爆发热烈的掌声。

断尾鲸已有十多天不吃不喝了，它希望自己昏昏沉沉地死去——要死的话，真想快点死去。断尾鲸这样祈祷。

阿峰一动不动地站在捕鲸船的电炮前，眯起眼睛眺望着阳光照耀下闪闪发光的海面。在两千米远的前方，横亘着一头像浮动船坞那样的黑色巨鲸。

那头巨鲸一定也看到了捕鲸船。尽管如此，它并不想逃跑。阿峰的眼睛刹那间像年轻人那样闪闪发光，但很快又回到了老眼昏花的状态。阿峰立刻知道，那头巨鲸就是自己要找的断尾鲸，而且他知道断尾鲸已经奄奄一息了。

"阿峰，那可真是个大家伙。那头抹香鲸的身体里一定有许许多多的龙涎香呢。"站在阿峰身后的炮手说道。

　　所谓龙涎香，是唯独抹香鲸才有的肠内病灶。虽说是病灶，从中却能提取价值极高的香料。龙涎香虽然只是很小的结块，但它比一整头鲸鱼的价值还要高很多，而且，并不是每头抹香鲸都有。在龙涎香的中心部位，还会混有乌贼的残留物。

　　因此，学者们认为，龙涎香一定是由肠内分泌的液体不断包覆在肠内的结块上而形成的，但龙涎香对抹香鲸来说是致命的病灶。

　　炮手偷偷地斜视着沉默的阿峰。这时，阿峰的脸颊上老泪纵横。

　　"那家伙……就是我想见的老朋友呀！它和我一样，老了，快隐退了。"阿峰目不转睛地望着断尾鲸说道。

　　这时候，断尾鲸突然猛烈地摆动着它那巨大而又缺损的尾鳍，发出吧嗒吧嗒的巨响，它的头部无力地冒出一股水花。

　　见到这一情景，阿峰先是睁大了眼睛，然后又痛苦地闭上了眼，泪水沿着他脸上的皱纹流了下来。

　　"咚！"只听炮口发出沉闷的响声，一只小小的电炮拖着电线尾巴轻快地凌空而起……

　　炮手感觉阿峰的嘴里似乎在念诵着"南无阿弥陀佛"。

（徐明中　译）

戴领结的鹅

金曾豪

黑母鸡与小鹅

海老头买回十只鹅蛋，委托他家的黑母鸡为他孵一窝鹅。黑母鸡好为难，这么大的十只蛋可怎么孵呀！凤婆婆不忍心，就撤了三只蛋，说"七"这个数"巧"。孵了十多天，对着日光一照，发现一只是"闷蛋"，撤掉，就剩下六只。凤婆婆又说"六"这个数"顺"——六六大顺。

世界上是只有"闷蛋""坏蛋"，没有"笨蛋"的。孵哇孵哇，蛋中的雏鹅就"灵"了，就能辨认妈妈的声音了。当妈妈的也隔着蛋壳感觉到了小宝宝的情况。有时不小心，某只蛋滚出怀去，蛋壳里的小宝贝就会不停地动，发出只有妈妈才能听到的细微的哭声，当妈的忙不迭地把蛋搂到怀里，咕咕地抚慰一番。

蛋与蛋之间也是有交流的，主要是通报各自的情况，商定破壳的时间。

别以为这是童话的笔法。野生的卵生动物有两种情况：一种是一出壳便能自己觅食的，另一种是出壳后要父母喂养一段时间才能独立生活的。特别是后一种，统一出壳时间很重要，若有几个晚生子迟迟不出壳，先出壳的就要挨饿了。鹅虽是家禽，但它们依然保留不少野生时代的本能和习性。

破壳前两天，雏鹅就开始用肺进行呼吸了。你猜得对，六只蛋中最先用肺呼吸的那只小鹅，将成为这部小说的主角。这位大哥用喙啄蛋壳的内壁，发出有某种含义的"敲击乐"。弟弟妹妹们听到这鼓点，兴奋起来，呼吸、心跳都加快了。赶快长呀！不久，小鹅们纷纷加入敲击乐合奏，好像在说："行了，准备就绪了，准备就绪了！"大哥却用鼓点让大家再等一等，别着急。因为它听到其中有一只蛋发出了"等一等"的请求。就数这只蛋的鼓点最无力、最缺乏激情。

过了几个小时，所有的鼓点都合拍了。大哥奋力啄壳，而且使落点排成一个圆圈，然后一挺身子把蛋壳顶破。这时它调整一下姿势，奋力一蹿，就跳出了母鸡的怀抱。

啊！外面的世界多大，多明亮啊！猛吸几口凉丝丝的空气，它觉得自己一下子又长大了许多。

黑母鸡发觉了身子下的骚动，小心地站起来，勾头检查，发现一只蛋已经破壳了。小家伙呢？

小家伙正在海老头的手心里呢。它这一蹿用劲太大了，一下子就从母鸡屁股后冲出孵窝。海老头正蹲着观察呢，赶忙把小家伙接住了。

海老头捧着小鹅走出屋，在阳光下端详着小生命，笑道："啊，你是老大，你是个急性子，对不对？"

小鹅看见海老头，第一眼就铭记住了"妈妈"的形象。雏禽出壳的第一眼是非常重要的，它们会毫不犹豫地把生平第一眼看见的活物认定为母亲。于是，这个湿漉漉的小家伙就把海老头认定为它的母亲了。

另外五只小鹅也纷纷出壳了。黑母鸡幸福得咕咕哼叫，心疼万分地用头去蹭孩子，温柔得不得了。

海老头进屋来了，蹲下身子，打算把手掌上的小鹅放回孵窝里。

黑母鸡气愤地大叫起来——它可容不得这只扁嘴的、有蹼的小东西靠拢它的小宝贝们。

海老头说："黑大嫂，吵什么？我不是把它还给你吗？"

黑母鸡怒发冲冠，毫不客气地向小鹅啄来。海老头一缩手，那尖尖的喙就啄在了他的手指上。噢，好痛！

海老头说："你搭错神经了，你这个黑大嫂……"

没法把小鹅放回窝了，海老头哭笑不得，只得把小家伙捧出屋去，轻轻地放在草地上。

小家伙侧过头看看海老头，啾啾几声，老练地抖了几下身子，然后在软绵绵的草皮上躺了下来。阳光是暖洋洋的，仲春的青草是香喷喷的，不错。

不一会儿，黑母鸡发觉情况不对——身子下的小宝贝原来全是有蹼的扁嘴小怪物。可能是出于对"狸猫换太子"勾当的气愤，也可能是出于对孵出清一色的畸形儿的恐惧，黑母鸡大叫着跳出孵窝，翅腿并用，冲出屋子。它鸡冠发紫，在草地上张牙舞爪地发泄了半天，并且坚决拒绝凤婆婆犒赏的蚂蚱。

凤婆婆是同情黑母鸡的，所以帮着黑母鸡把海老头骂得连声求饶。这会儿，她早忘了让母鸡代孵这件事，她当时是赞同的。

草地上那小鹅毛已经干了，成了黄茸茸的一团，看上去体形变大了许多。它被黑母鸡的吵嚷声闹醒了，一边跌跌撞撞地向海老头走去，一边不满地啾啾着，仿佛在抱怨："吵得太不像话了，还让不让人家睡觉啦？真是的！"

海老头把这位老大送回到孵窝去时，另外那五只小鹅正惊恐不安呢。它们都想钻到同伴的肚子底下去，结果谁也没能成功。一次次的失败使它们非常沮丧、害怕，一个个瑟瑟地打战。海老头进屋时，它们以为是黑母鸡回来了，便停止了混战，一齐举起喙来委屈万分地叫唤着妈妈。

回来的是它们的大哥。这位见过世面的大哥倒是挺像兄长的，一进窝就伸头和弟弟妹妹们一一相蹭，啾啾告慰："平安无事，平安无事！"

小家伙们有了主心骨，很快安定下来，打了个呵欠就别过头睡着了。折腾了好一阵子，它们都累了。这世界可真累。

其实，对于鹅来说，这儿的环境真是太理想了。

这儿是一条河与一个湖的交接之处。河叫梅子河，湖名白墩湖，河湖交接的地方有一座套闸。闸门上写着"梅河套闸"，可人们却叫它"老海套闸"，因为看闸人名叫刘老海。

套闸旁边那座带院子的房子便是海老头的家。这个家里还有两个人，一个是海老头的老伴凤婆婆，另一个是他们的孙子刘加。刘加的父母都在城里的铁路部门工作，免不了东南西北地奔波，所以刘加从小就和爷爷、奶奶生活。

套闸的四周是一大片沼泽。沼泽地这儿很少有人来往。这一点，对鹅、对生活在这一带的所有野生的和家养的动物都很重要。

关于这片神秘而有趣的沼泽，我们会慢慢熟悉的。为了继续讲故事，我们先来说说海老头的院子。

海老头的院子里有一棵香樟树和几棵桃树，井台边有一丛凤仙花和一丛月季花，靠近南篱笆那儿有几畦地，种了些菠菜、韭菜。因为拦着一道旧渔网，这几畦菜地成了一片禁区，而井台边的花丛早被鸡们占为休闲场所，于是小鹅们就把领地选在香樟树和桃树之间的草地上。草是马绊筋草，韧得很，能把马绊倒，踩上去弹性十足。小鹅们很喜欢樟树的气味，常用喙去啄树皮，一啄，那气味就浓起来，这让它们觉得挺愉快。它们一天不啄上几次，就打不起精神。桃树是不好乱啄的，一则气味不佳，二则不小心就会让树脂弄脏了喙。

对一群小鹅来说，这方天地不算小了。它们就在这方天地里慢慢褪去稚嫩的黄绒毛，开始长出羽片。

黑母鸡的情绪一直很差，连蛋都生得少了，生了蛋也不报告，没那个心思。五只小鹅却依旧铭记着这个养母，只要看见它，就会伸长脖子，哼哼着靠拢过来；而黑母鸡从不理睬，往月季花丛里一避了事。小鹅是不敢擅入花丛的，那儿不但有防不胜防的花刺，还有鸡们的尖喙。

有一次，黑大嫂正和别的鸡生气呢，小鹅来纠缠，它就毫不留情地挥起尖喙，把小家伙们啄得落花流水。小家伙们叫着逃向草地。草地上只有大哥在啄樟树皮，它是从不自作多情地巴结黑母鸡的。目睹这不平的一幕，它站了起来。它觉得自己身为大哥应当挺身而出，去阻止欺凌弱小的行为。

它抖搂一下，把能张开的羽片尽量张开，把脖子挺直得如一支箭镞，像一架鬼怪式飞机似的，一声不吭地直向黑母鸡冲去。

黑大嫂对鹅群欺凌惯了，觉得这只猛冲而来的小鹅的举动是不可思议的。它愣了一下，还未反应过来，"鬼怪式飞机"就把它撞翻了。黑大嫂惊恐地尖叫一声，失魂落魄地滚了几个跟头，手忙脚乱地扑着翅膀飞上篱笆，大叫不止，不敢下来。

大哥再没瞧黑母鸡一眼，大摇大摆地班师回营，回到香樟树那儿去了。

海老头隔窗目睹了这一场冲突，连声赞道："了不起，了不起！"海老头走到院子里，从桃树上摘了一个熟桃子放到大哥面前，以示奖赏。小鹅们都争着来啄桃子，只有大哥没有为它所动——它正谛听着院子外头许多陌生的声响。

是的，它正谋思着去院子外看看呢。外面的世界一定更大，更好玩。它猜得没错，却不全面——外面的世界也潜伏着许多凶险。

探索新天地

虽说院墙不过是一道一米多高、用细竹竿编成的篱笆，但穿越它并不容易。篱笆扎得紧密，篱外还有一道长得非常茂密的枸橘李"墙"。这种灌木和篱笆一样高，旁枝繁密，而且长满了刺。

当然，只要留意，越出篱笆的机会总是有的。

一日，下了一阵雨，院子里积了水，刘加便挖开一条排水沟。排水沟是穿越篱笆墙的，这就为小鹅们打开了方便之门。

在大哥的倡议和率领下，小鹅们第一次走出了篱笆围成的小天地。

展现在小家伙们面前的是一片辽阔的沼泽地。下过雨之后的沼泽地仿佛是一幅巨大的刚完成的水彩画，一切是那么亮丽，那么新鲜，那么精神十足。每一滴水都是在做着追逐游戏的，每一棵草都是容光焕发的，每一阵风都是带着花和叶的芬芳的，每一朵云都是来这儿梳妆的……

鹅眼中的沼泽地肯定和人眼中的不同。它们不会把这里看成一处风景，它们一眼就认出这是它们祖先的家园。谁也没告诉过它们这件事，但它们确实都明白，因为它们的血管里流淌着它们祖先的血液。祖先的家园震撼了它们，它们不停地踏着有蹼的脚，不停地扑扇着本来可以用来飞翔的翅膀，伸直脖子，激越地叫唤着，又沉下头去，像是在亲吻久别的故土。

对于水，鹅有一种与生俱来的亲切感，何况面对的是沼泽地的水塘，它们是无法抑制下水的冲动的。大哥走到水边，小心翼翼地喝了一小口水，侧头想一想——味道和食盆里的水是不一样。其他的鹅一声不吭地盯着兄长，心情有些紧张。

大哥下了水，用力划动脚蹼，竟一下子冲出老远。大哥回过头来，兴奋地扑翅呼喊弟弟妹妹们："快下来吧，多快活呀！"

小鹅们欢呼着一齐下了水，水面上响起了一片兴高采烈的混乱叫声。

鹅鹅鹅，曲项向天歌。白毛浮绿水，红掌拨清波。

它们都发现自己是玩水的天才。噢，噢，这世界真有趣！

阵雨之后的沼泽地，几乎所有的水都在流动。小鹅们听凭自然，跟随着一股水流，要做一番畅游。

陆地被草和苔覆盖着，河床和沟底被水草覆盖着，水虽然流动不止，却不见混浊。只要小鹅们愿意，它们完全可以看见清浅水中的游鱼、摇曳不定的水草。它们不必扎猛子就可以叼一口水草吃。水草的味道不能和岸上的大部分草相比，更别说那新鲜的苜蓿和一咬一口水的鸡毛菜了。这儿的穿条鱼大胆且放肆，它们甚至故意在小鹅们身边游弋，似乎想和它们玩什么游戏。

水流遇上一个长了灌木的小洲，便分头绕过去，在一些裸露的树根之间汩汩作响，以表示不满。

水流又遭遇了几个小洲，水道被挤得很窄。水流已发泄过不满了，这一回便不在乎了，聚集了一下力气，猛地使劲，就挤过了小洲之间的窄口。

小鹅们感觉到了水流，先是收紧一下肌肉，然后很舒服地放松开来。在这一紧一松、一张一弛之间，水流把它自由自在的快乐传递给了这帮初出茅庐的小水禽们。水是乐观而自信的家伙，它们谁也不怕，如果遇上大的障碍，至多就是嘟哝着表示一下不满，却绝不会示弱，也永不会绝望。它们坚信总会突围而出，到达它们想去的地方。

前面是一片宽阔的洼地，水早已毫不吝啬地将洼地灌满，灌满之后自然就找得到出路。水在这儿变得温柔娴静。

一只黄色的蝴蝶不慎落水，仰浮于水面，呈现出一个美丽的扇形。翅膀被沾在水面上了，它只能划动它的细腿，竟在一大片水面上漾起涟漪。这是不明智的，会引来找食的鱼，可是不这样又会被活活淹死在这儿。这么看，水也是挺刁滑的。

池塘的南面是一片杂树林子，东面和北面则有不少芦苇小洲，芦苇小洲之外便是泱泱的白墩湖了。池塘的西边是套闸，其间隔着一些长了灌木的小汀。

小鹅们都是没有经验的旅行者，从不回头记路。当它们终于玩够时，却不知何方是归途了。

太阳不知什么时候已经不见了，池塘开始吐出一缕一缕白色的水雾，仿佛故意要来迷乱小鹅们的眼睛。小鹅们忽然想念起陆地，想念起那个飘荡着香樟味的院子。

大哥，大哥，我们怎么回去呢？

大哥也不知道。但它是大哥，和弟妹们不同，它只能回答，不能提问。当首领并不容易。

小鹅们想不到芦苇丛中有一双晶亮的眼睛已经监视它们好久了。

那是一只水獭。它观察这帮陌生的小家伙好久了，认定它们是一种并无危险的水鸟。悄悄临近的暮色纵容了它，它弓起脊背，拉直身体，打个呵欠，然后悄无声息地下到水中。水獭是潜泳的高手。

远远传来的鸡鸣使大哥一惊。它把鸡鸣和院子联系了起来。对了，传来鸡鸣的地方就是它们的家。这是一个了不起的联想。

大哥大大咧咧地呼叫几声，掉头就游。它已经确定家的方向了。

这一刻，它们确实是把院子认同为家了。鹅的这个认同，是人类花费了几千年的时间驯化的成果。

小鹅们觉得，随着夜的来临，沼泽地不再亲切，反倒变得诡谲难测，因而一个个变得心神不宁。

水獭突然出现在鹅群的左后方。鹅们吓了一大跳，惊慌失措地改变了划游的方向，而且加快了速度。水獭突然又在它们右前方浮现，而且踩着水把上半截身体露出了水面，哇地怪叫一声。这一下鹅群乱了阵脚，游在前面的急忙横过身体，游在后头的刹不住，一下子撞在前头的身上。水獭不见了，忽地又在另一个地方冒出来……鹅群在水面上无所适从地打着转，惶恐地叫喊不迭。这正是水獭希望出现的场面。

水獭这种小水兽不敢冒犯成年的鹅，却完全有把握从一群小鹅之中叼出一只来吃掉。不过这只水獭一开始就没想吃小鹅。这沼泽的水产相当丰美，按水獭的口味，这儿的任何一种鱼虾都比禽类强，尤其是素食的鹅，浑身充满草味，吃起来没劲。水獭有时也会咬死一些禽类，那多半是出于娱乐或者猎杀的习惯。鹅群游进了两个灌木小洲之间的狭窄水道，湍急的水流使前进变得更加艰难了。

大哥最先克服了惊慌。它以为只要登陆便可以摆脱这个可怕的水怪，于是就不管不顾地冲上小洲。弟妹们也学着它的样子登上了小洲。

小洲密布灌木，但还是可以从水边绕着走到小洲的那边。只要过了这里，它们便可以走出沼泽了。

水獭也上了小洲。它摇动着油黑光亮的身体，把水珠洒得老远，前爪捋捋挺括的胡子，又立着拍拍肚子，拦住了鹅，大有一股"一夫当关，万夫莫开"的气势。

有过斗败黑母鸡经历的大哥不再害怕，水獭的捉弄激怒了它。它把脖子挺得直直的，蹬足，扇翅，猛地向拦路的敌人直冲上去。这是水獭没料到的，它猝不及防。自以为是"大内高手"的它大失体统地跌倒在湿滑的草滩上，连打了两个滚。还没等它调整好体态，另外四只小鹅也学着大哥的样子，呼啸着冲了上去，冲过了窄口。经过一个小小的浅水凼，它们便可以登陆了。

只有一只小公鹅没有随队冲锋。它根本没有这么做的勇气，反而张皇失措，掉头向池塘逃去。小鹅们拒绝游戏的态度和放肆的冲撞激怒了水獭，它决定拿出一点厉害的手段来。它选中了逃跑的小鹅作为炫耀武力的对象，它更相信自己潜水袭击的厉害。

那只可怜的小鹅觉得大腿上一阵剧痛，惨叫一声，拼命往上一蹿，竟跳离了水面。可惜它没有飞的本领，又一头栽到水面上，随即狂呼着再次蹿跳起来。现在，它对水已经怀有极大的恐惧。它这么狂跑乱蹦着，自己也不知道这样一来竟跳上了灌木小洲。

四只小鹅越过浅水上了岸。小洲上只有大哥在接应。大哥护卫着受伤的弟弟涉过浅水登上陆地。

水獭沉下水去，撤出了这场不欢而散的游戏。

再遇小水獭

初中生刘加每天划着他的小舢板，穿过白墩湖一角去上学。这比走陆路近好多。这条小舢板在这一带被亲切地称作"淌淌船"。它状如一片柳叶，因为小所以很灵活，一桨就能滑出去一丈多。有一首童谣唱的就是淌淌船："月亮亮，出淌淌，淌淌船上好白相，划船公公伊姓张，一根烟管三尺长……"

刘加以为自己不再是孩子了，只有一个人划船进湖时才哼一哼这种儿歌。古老的儿歌常常是东一句西一句的，没什么实在的意义，可是唱着却总是叫人觉得开心。

正唱着，刘加就看见了小水獭。

水獭是喜欢搬家的动物，隔些日子搬一次家，一点也不嫌烦。住在沼泽地的水獭一家已在几天前迁往别处，留下了这只可怜的小水獭。老水獭抛弃这只瞎眼小水獭是遵循了某种荒野法则——失明的水獭是没法在这个充满险恶的世界里生存下去的。

小家伙躺在一个芦苇小洲上，饿得奄奄一息，已不再躲避接近它的任何活物。

由于水獭的刁滑和过分敏捷，在人类看来，它是一种神秘的动物，有些人干脆把它称作"水鬼"。

当小水獭在网兜中挣扎时，刘加简直不相信这是真的。网兜怎么能逮得住神出鬼没的水獭呢！

小水獭在被称作"捞海"的网兜里象征性地挣扎几下就安静下来了。它实在是没有力气了。刘加还是第一次这么近地观察这种有名的水兽，小水獭的一举一动都使他觉得新奇万分。水獭给人印象最深的是它们非凡的皮毛。每一根钢灰色的毛似乎都被仔细地上过一种特殊的釉。每一根毛的长短刚柔还有生长的方向一定是经过精心设计的。这种"外套"太精细、太华贵了！

刘加忍不住用一根手指去触摸了一下小水獭，指尖传达的感觉是难以言说的——既是柔软的，又是坚挺的；既是温暖的，又是凉爽的，让人感觉是"活的金属"。

对于人的触摸，小水獭没有反应。这使刘加迷惑不解。"喂，喂，你睡着了吗？"小水獭依然没有反应。刘加把小水獭放到舱内，奋力划起桨来。爷爷一定知道怎样照料这个还没睁开眼睛的小家伙。

刘加提着小水獭走进院子时，海老头正在香樟树那儿喂鹅。大哥一口一口叼着海老头手里的青菜。它觉得这么叼着吃有劲。

最先做出反应的是那头曾被水獭咬伤腿的小公鹅。这小拐子惊恐万状地喊叫着向月季花丛那儿奔逃。在这种时候，它首先想到的是寻求妈妈的保护。不管怎样，它仍然把翻脸无情的黑母鸡视为最可靠的保护神。

其他鹅要镇静得多，一齐昂起头来叫唤着发出警告。作为看院鹅，它们对不速之客理当做出反应。见老主人和小主人把冤家对头带进了堂屋，大哥及时制止了弟妹们的吵闹。它注意到水獭是像鱼那样被困在兜网里的——这是一件好事。

这时，小拐子遭到黑母鸡的无情追打，屁滚尿流地从月季花丛那儿逃了回来。大哥昂首注目，严厉地哼了一声。黑母鸡是吃过亏的，收敛了，咒骂着退到花丛那边去了。

大哥踩住一棵青菜，叼下一片菜叶吃了下去。它用这个动作宣告："平安无事，该怎样就怎样好了。"

并非平安无事——主人决定收养小水獭。

堂屋里，小水獭在一个竹筐里恶狠狠地吞吃着一盆鱼内脏。因为太性急，它呛得咳起来，两只前爪却紧抓着那堆鱼杂不肯松一松。它确实饿坏了。

"喂喂，馋痨坯，慢点吃，慢点吃。"海老头轻拍着小家伙的屁股，像在跟一个淘气的孩子说话。

小家伙又专心吞吃起来。刘加趁机轻轻捏住它的背皮，试着把它提离食盆，却未成功——原来这件看似挺合身的外套其实是很宽大的，把皮提起很容易，小家伙的身体却依然未被牵动。刘加怕弄痛它，不忍心再提了，一松手，那外套又一下子变得非常贴身。这真是一件奇妙的外套！

海老头让孙子把鱼杂盆子撤掉。小家伙太饿了，不能让它一下子吃得太多。

刘加好不容易才从小家伙爪下夺走了盆子。小家伙前爪扒着筐壁像人那样立了起来，呜咽般叫唤着表示委屈和不满。

海老头安慰道："黑弟弟，吃得太多会撑死你的。"

刘加说："爷爷，这黑弟弟不小了，怎么还没睁开眼睛呢？"

海老头眯眼考察了一番，说："不好，这是一只瞎水獭，所以被它爹娘抛弃了。"

刘加说："哎呀，真可怜。爷爷，我们养着它吧？"

大哥就在这当儿出现在堂屋门口。它没有吭声，若无其事地走过门口。但是海老头和刘加都从它那颇有意味的一瞥中看出它是来打探情况的。

海老头看看孙子，忍俊不禁："哈，那家伙像是我们家的管家呢！"

"真是个大管家！"刘加哈哈大笑。

大哥从此有了个头衔：大管家。之后，刘加索性给其他五只鹅都起了名字，按着个头大小排列如下：

二婶子——那只大屁股母鹅。

三点儿——那只翅膀上有三个黑点的公鹅。

四眼——那只眼睛上各有一个黑点的公鹅。

五妹子——那只尖嗓门的小母鹅。

小拐子——那只被水獭咬伤腿的胆小的公鹅。

小水獭也在祖孙俩的对话中得到了一个名字：黑弟弟。

这样，故事讲下去会便当许多。

一个多月过去了，小鹅们的羽毛渐渐丰满了。鹅是禽类中的大个子，雪白的羽毛，橘黄或橘红的喙和蹼，具有立体声效果的嘹亮鸣叫声，使鹅显得分外雄壮和精神。它们略显迟缓的动作是出于一种自重。它们常常昂首阔步，一览众山小，好像认为世界上的一切都没什么可奇怪的。这一点在大管家身上表现得尤其充分。它那大权在握、从容不迫的神态，很容易使人想起原始部落的酋长什么的。它的身体比同伴们大，肉冠比同伴们高挺些，走起路来特别有派头。刘加将一个红缎制成的领结佩戴在大管家颀长结实的脖子上，使它显得更卓尔不群。

对这个红领结，大管家起先是不喜欢的，老是想扯掉它；不过，几天之后，它就习惯了这个鲜艳夺目的装饰。这其实是因为它明白了这个标志的含义。它讲不出含义，但心里明白了，明白了之后就更加自信了。它低头把领结摆端正，"昂昂"地叫几声，鹅群便跟着它走。它们巡视着院子，然后去院外找点吃的。

让鹅护院看家是和尚的发明。寺院里不可以养狗，因为让狗吃素是不可能的。有人用"呆头鹅"来形容人，其实鹅挺聪明的。年长的鹅认得出人，对所有的来客一视同仁，而狗则根据来客装束的华贵寒酸区别对待。海老头不喜欢狗嫌贫爱富的品性，所以不养狗而养了一群鹅护院。午饭和晚饭前后是主人在家的时间，鹅群可以出门去走走。这是人在它们幼小时就设法使它们明白的规矩。对动物来说，养成日常习惯是很重要的。

在沼泽地里，鹅群像皇家舰队一样气派。它们或编队行进，或自由游弋觅食，或一对对呢呢喃喃谈情说爱，或引颈拍翅击水放歌，或在水上追逐游戏，或在滩涂对水梳妆……

它们在绿草碧水的背景下无意中构成一个又一个瑰丽的童话世界。

在这里，它们是主人。"舰队"到了，聒噪的青蛙乖乖闭嘴，鼓突的眼睛因为惊骇而更加鼓突；水蛇因为无鳞无羽而害羞、躲避，在水面上画出一道一道"S"形。

再也没有和水獭相遇，这使大管家既纳闷又遗憾。若水獭再来骚扰，大管家会用坚硬的喙啄瞎它的眼睛，还会用强劲的翅膀击断它的脊梁。

说起水獭，大管家常常牵挂着堂屋里的那个小冤家。它不明白主人为什么不像处理鱼那样处理水獭。

最后，大管家决定进堂屋去考究一下。

小水獭与鹅的恩怨

海老头和刘加为黑弟弟做了一次"眼睑切开手术"，想不到手术竟十分成功。如果没有这爷孙俩的帮助，小水獭注定会因一层薄薄的眼睑闭锁而终生失明。只要人类愿意，人类的智慧是可以轻而易举地为野生动物解除许多疾病和痛苦的。

喜获光明的黑弟弟活跃得不得了。没费多大周折，它就把蒙在竹筐口上的旧渔网咬开一个口子，自动解除了禁闭。

不一会儿，黑弟弟就把几间屋子考察了一遍，还在厨房的水缸里痛快淋漓地洗了个澡。忙过之后，它在光滑的竹躺椅上舒舒服服地睡着了。

门的开启声把它惊醒了。它几个纵跃就扑通一声跳进水缸，做一次潜泳之后再次浮出水面，把油亮的小脑袋架在水缸沿上朝进屋的人尖叫一声，又倏地缩回水里。

进屋的是海老头和刘加，黑弟弟强行开始的"捉迷藏游戏"使他们哭笑不得。

海老头说："加加，得把这个捣蛋鬼赶回沼泽去，留下它，我们会有受不完的罪。"

刘加手里正拿着"捞海"呢，只一下就把黑弟弟从水缸里打捞上来。黑弟弟的挣扎使网兜旋转了几下，把网口绞住了。黑弟弟讨厌网的束缚，委屈地发出尖叫声表示抗议。

在鹅群的喊打声里，黑弟弟被强行放逐到沼泽地里。

沼泽是黑弟弟既熟悉又陌生的地方。它下了池塘，一个猛子扎出老远，然后将小鼻子抬出水面，回头往刘加这边游。它以为刘加是在和它做游戏呢。

刘加挥挥拳头，威胁道："你敢过来，我就剥了你的皮！"他捡起泥块连连向小家伙扔去。小家伙正缺个玩伴呢，尾巴和后腿配合着使身体在水里立了起来，两颊鼓满空气再从嘴缝里喷出来，发出扑扑的声音，仿佛在说："砸呀，砸呀，往这儿砸呀！"

刘加稳一稳神，使劲掷出一块泥。泥块在黑弟弟胸脯上炸开。黑弟弟夸张地尖叫一声，蹿出水面，来了个漂亮的后空翻，又落入水中。

刘加捡起几块泥准备连续轰击，而黑弟弟却久久没再出现。刘加有点扫兴，丢了泥块准备回家。一转身，却见黑弟弟正在塘岸上津津有味地吃一条鱼。那鱼还活着，尾巴一闪闪地挣扎着。水獭的后爪有蹼，前爪不带蹼，抓吃东西颇为得心应手。

水獭的聪明伶俐和对人的信赖是刘加没有意料到的。他决定把黑弟弟带回家，说不定能驯养出一个动物明星来呢。

刘加说："黑弟弟，我们回去吧。"他伸手把"捞海"凑了上去。黑弟弟敏捷地避开，它对这个网兜没有好感。刘加用"捞海"连扑几次后，黑弟弟不乐意了，丢下死鱼跳进水塘，再也不肯露面了。

刘加只得悻悻而回。

第二天一大早，刘加被一阵大喊大叫声吵醒了。那是鹅群在气势汹汹地叫嚷，还有急促的叩门声——是鹅在猛啄门。声音中最突出的当然是大管家的大嗓门了，"昂昂"的叫声冲得人耳底生疼。

刘加翻身下床，决定给聚众闹事的大管家一点教训。当他的脚板插进凉鞋时，脚底传来的异常感觉把他吓了一大跳。他俯身抓起凉鞋一倒，好家伙！里头滚出好多杂七杂八的东西来——玻璃球、瓦片、碗盖，还有一支用过的牙膏。刘加索性不穿鞋了，赤脚走去把门打开。

果然是大管家领着它的队伍在门口作乱。门一开，那么多激动的鹅头就直插进来。刘加的目光循着鹅头所指的方向搜索——厢房里陈设简单，一览无遗，没什么反常嘛！

大管家不顾禁令进了门槛，径直向厢房的另一扇门奔去。那扇门开着，是通往堂屋的。刘加看出大管家是奔着某个目标的，没加阻拦，跟着它进了堂屋。

大管家向屋角那个竹筐奔去。它伸长脖子，从上方向筐内看。它一定看见了什么，气愤地大吼。若不是筐口上布着破渔网，它必定会不顾一切地跳进筐里去和里头的对手决一死战。

看到黑弟弟在竹筐里呼呼大睡，刘加一下子就明白把凉鞋充当杂物箱是谁的发明了。哈哈，黑弟弟竟自己回来了！

大管家叼住筐沿，用力一甩头，竹筐就侧翻过来，轮子似的滚了几个滚。翻车啦！大惊失色的黑弟弟急忙逃出筐子，尖声叫着——岂有此理，谁搞的恶作剧！

没等黑弟弟看清挑战者，它光溜溜的身体上就承受了嗛数不清的啄咬。黑弟弟尖叫着在地上打了几个滚才摆脱攻击，它爬起来，慌忙往厢房逃去。大管家收起平时的庄重，展翅挺颈，紧追不舍。厢房通往院子的门有四只大鹅把守着呢！四只大鹅的叫声震耳欲聋。一种威严显赫的气势完全把水獭镇住了。后有追兵，前有拦截，走投无路的黑弟弟急中生智，一头扎进了靠在墙上的那个网兜。它以为一进这个网就可以得到人的帮助了。靠在墙上的"捞海"倒在一只铁皮畚箕（běn jī）上，发出很大的响声。小水獭自投罗网的反常之举，加上那很大的响声，使鹅们怔了一下。黑弟弟就趁着"白衣警察"这一怔的工夫，蹿出了厢房，冲出院子，逃回沼泽地去了。

刘加不知道该怎么评价这一事件，只好指着大管家说："你呀，你呀，你这个大管家。"

那只名叫小拐子的鹅这会儿正躲在井台后头瑟瑟发抖呢。

从此，黑弟弟再也不敢贸然走进这个院子，只得在沼泽地里安家。

刘加划船路过沼泽地时，黑弟弟常常会冒出水面来，或者在不远的小洲上尖叫着打招呼，有时干脆就爬上船来和刘加"攀谈"一会儿。

刘加总是问它："喂，你的家在哪儿？"

黑弟弟哼哼着总是说不清。它的家没有门牌，当然是说不清的。

刘加说："领我去认认你的家，可以吗？"

黑弟弟听完就跳下水去昂着头领路。

刘加以为黑弟弟真听懂了呢，兴奋地划着船。划呀，划呀，一抬头，发觉前头就是船闸了——这是他的家！

刘加骂道："小滑头！"

黑弟弟不敢再跟着刘加，就坐在一个小洲上目送刘加上了岸，看着他走进那个有"白衣警察"看守的院子。

这时候的黑弟弟就是一副孤苦伶仃的样子。

受伤的天鹅

一天傍晚，大管家又率领它的舰队进了沼泽。这是例行的野外活动。

动物的视觉细胞有两种，一种是杆状细胞，一种是锥状细胞。狼、狐、猫这些夜行性动物拥有更多的杆状细胞，能在黑夜里看清物体。由于拥有很少的锥状细胞，它们的视觉世界基本上是一个黑白世界。而绝大部分禽类恰恰相反，它们是夜盲者，但只要有足够的光线，它们的视觉世界便会色彩丰富，绚丽万分。

夕阳在落下地平线之前不惜做最后的挥霍——把无数的"金币"毫不吝惜地撒在沼泽里。春天的沼泽犹如一个自由自在，热情洋溢的吉卜赛姑娘，浑身焕发着旺盛的生命热情。树是绿的，草是绿的，水是绿的，连风也被染绿了。嫩绿、翠绿、碧绿、墨绿……各种绿组合成一个绿色的王国。

几只红蜻蜓按照某个训练教程在水面上做无始无终的"8"形飞行。由于各种绿色的投射，蜻蜓巨大的复眼成了一枚枚绿色的宝石。

"昂，昂昂，昂……"大管家要同伴们不要掉队，跟着它继续前进。它今天要带大家去一个小洲，那儿长着许多可口的野苜蓿。

一只红蜻蜓自愿追随着鹅群，在鹅群上空盘旋飞行，仿佛是在为舰队护航。皇家海军真是气派！

不料，苜蓿岛已被另一群鹅占领了。

那是一群北飞途中的天鹅。乍到宿营地时的忙碌已过去，这群大水鸟现在已安顿下来，有的在水边用橘红的喙梳理羽毛，有的在整理露宿的床位，当然还有几对精力旺盛的年轻大鹅在水面上悠然地"荡着双桨"交谈……

天鹅和家鹅同时看见了对方，都愣了愣，一时竟相对无言。

此刻，家鹅的感情类似于人类看到了来自远方的乡亲，天鹅的感情则类似于与离散多年的亲友不期而遇。

大管家响亮地叫了一声："啊，你们好！"

一只天鹅更响亮地应了一声："噢，原来是你们哪！"它当然是这群天鹅的首领了。

家鹅的队伍泊在水面上，只有大管家缓缓地向天鹅群游去。

天鹅首领向大管家缓缓迎了上来。其他天鹅抬起头，注视着它们的首领。

两位首领慢慢靠拢，都在不断地低声哼哼。

与家鹅相比，天鹅更气宇轩昂，更高贵自信。作为首领的这只公天鹅尤其风流倜傥，神采非凡。

大管家虽然是第一次出访，却老成持重、不卑不亢，表现出天生的外交才干。

相距三四尺时，两位首领都停住了，它们把昂头相向的姿势保持了一会儿，似乎在等着记者照相。

它们又叫了几声，弯下脖子，用喙轻点了几下水面。它们都显得从容不迫，潇洒坦荡。

至此，礼节性的会见结束了。今晚，天鹅要在这儿宿营，明天一早就会继续它们的长途飞行。大管家知道这个，这是它们的祖先赐予的一种神秘的、叫作"本能"的东西。

第二天一早，大管家悄悄地出了院子，来到苜蓿岛附近一个灌木丛生的小洲上。它非常想看天鹅起飞。失去了飞翔的能力恐怕是家鹅永远的遗憾。

大管家迟到了。苜蓿岛上只剩下一对天鹅。有一只母天鹅在前天晚上宿营时翅膀受伤，又坚持飞行了一天，今天再也没法起飞了。它的伤口开始发炎，一动弹就钻心地疼。陪伴着它的公天鹅当然是它的丈夫。天鹅是实行一夫一妻制的群居动物，它们雌雄成对，忠贞不贰、至死不渝。不幸丧偶的天鹅会不吃不喝，日夜哀鸣，生命也不会长久。

苜蓿岛上，母天鹅卧在水边的草地上，公天鹅偎依而立。这时，它们都向一边侧着头，做出一种紧张的瞭望姿势。

大管家循着它们瞭望的方向望去，看见了天空里的天鹅群。天鹅群怎么又回来了？

天鹅群由首领率领在沼泽上空做了一次倾斜的盘旋，准确地降落在苜蓿岛附近的水面上。它们关切地围住这对留下的同伴，喋喋不休地询问着，劝告着什么，远远听去一片嘈杂。

嘈杂被洪亮的叫声喝止了，这是首领在下命令："不能再停留了！"又是一阵七嘴八舌的嘈杂——天鹅们在做最后的告别。

天鹅首领发出一声长鸣："出发！"

天鹅群再次飞起。它们展开翅膀，扑扇着，在水面上踩水奔跑，越跑越快，然后纷纷离开水面，收起双脚，腾空而起。

这支训练有素的队伍很快在空中编成一路纵队。它们在小岛上空一圈一圈地盘旋、呼喊，久久未离……终于，那只留下的公天鹅也起飞了。它叫喊着，因为驮不动悲伤而跟跄着，因为恋恋不舍而频频回望……

悲哀的公天鹅终于进入了编队。鹅群又做了几次盘旋之后，终于消失在天际。苜蓿岛上受伤的母天鹅呆呆地眺望着天空，隔了好久才凄婉地叫出一声。

傍晚，大管家率队来到苜蓿岛，邀请那只孤独的天鹅加入它们的群体。离开群体的天鹅是很难在这危机四伏的旷野里生存下去的。

这支"海军陆战队"在返航时增加了一艘受伤的"驱逐舰"，那只天鹅伤的是翅膀，游水是无碍的。

快要上岸时，天鹅变卦了，它坚决不肯靠近人类。它原以为这是一群以沼泽为家的同类呢。它掉头就走，不理会任何劝告和解释。天鹅是一种自视甚高、远离人类的生灵。

它回到了苜蓿岛。眼下，这座小岛是最让它感到亲切的地方。

趁天还没有黑，它巡视了这座小岛，没有发现其他动物。它把"床"安置在一小片苜蓿的中央。若是一对一地格斗，连狐狸也不是天鹅的对手。天鹅怕的是夜袭，所以它们喜欢把窝安排在空旷的地方。

天鹅弯过长脖子检查了一下伤口，分开伤口四周的羽毛，然后积聚起唾沫，把唾沫吐在伤口上。这是它们祖传的治伤方法。治疗尚未结束，它就听到了异样的水声。它警惕地昂起头，看见不远的水面上浮着一个黑色的兽头，倏地又不见了。

前来拜访的是水獭黑弟弟。

黄昏快要来临，伤口时时作痛，这只孤独的天鹅即将经历一个不平静的夜晚。

白猫苔丝小姐

对苔丝小姐来说，这个夜晚挺讨厌的。

苔丝小姐是一只母猫。猫有两种：一种比较野，喜欢逮老鼠，不怎么亲近人；另一种与人为伴，一天到晚和人类争平等、争享乐，当然是不管有没有老鼠之类的。

苔丝小姐属于后一种猫。它是跟着小主人从城里来这儿的。小主人叫小梅，是海老头和凤婆婆的外孙女。小梅在一次车祸中伤了腿骨和脾脏，动了手术，得休学一个学期。小梅喜欢这儿的生活方式，觉得挺新鲜、挺有趣的。

苔丝小姐一到这儿就非常恼火。不像话，这儿连一块地毯、一张沙发都没有，怎么落脚呀！

"来，来，金银眼，让我抱抱。这猫咪真是标致……咪咪，咪咪……"凤婆婆称赞苔丝小姐，可苔丝小姐一点也不领情，等凤婆婆稍一松手，它就逃到了小主人的轮椅上。

苔丝是一只波斯猫，通体雪白，没一根杂毛，两只眼睛一蓝一褐。号称"金银眼"的苔丝小姐戴着一个缎子制的红领结，看上去很像一个长毛绒高级玩具。

小梅把苔丝递到外婆手上，说："外婆，你叫它苔丝，它就高兴了。"

凤婆婆就亲昵地叫："苔丝，苔丝……"

苔丝还是扭过头不理睬。

这时候，刘加已经把家里的几个门槛处理妥当。这么一来，小梅的轮椅就可以畅行无阻了。刘加对表妹的到来是很高兴的。小梅功课好，又多才多艺。她的作文曾得过全国奖；她的笛子吹得出色，她得到过"笛王"的称赞和指导，还上过几次电视呢。

"通车了，通车了！"刘加喊道，推起小梅坐的轮椅四处转悠，"小梅，我们去沼泽地看落日，好吗？"

小梅说："太棒了！"

苔丝尖叫一声，从凤婆婆手里挣脱，纵身跳到轮椅上。谢天谢地，可以离开这鬼地方了！

轮椅出了堂屋，苔丝小姐就看见院子里有一群"大鸟"。

苔丝从小在城里的高楼里生活，从来没有看见过鸡。它见这些"大鸟"若无其事的样子就火了，突然从轮椅上跳到鸡群中，怪叫一声。鸡们惊叫着逃开了。

率队归来的大管家刚好走进院子，看见了这一幕。哪儿来的捣蛋鬼！

大管家和苔丝小姐同时看见了对方。它们都注意到对方身上的白颜色，还有红色的领结，它们都计较这个。这东西是可以这么乱戴的吗？岂有此理！

红领结使它们一见面就对对方产生了反感。

面对这么硕大的鸟，苔丝小姐不敢轻举妄动，正要转身跳回轮椅呢，背上就中了大管家的几喙。这是被娇宠惯的苔丝小姐无法忍受的。它尖叫一声，在地上狼狈地打个滚，逃回轮椅，朝大管家叫嚷着。

大管家扑过去，又是狠狠地一啄。苔丝小姐哪经受过这个？它立刻扑到小主人怀里，委屈地哭喊起来。

刘加忙来干涉，把鹅群驱赶到一边。

大管家退到香樟树那儿，领着鹅群愤怒地叫着，宣布这白色的捣蛋鬼为不受欢迎者。

刘加对小梅说："这是我们家的警卫部队，领头的那家伙叫大管家。"

"大管家？"

"对，院子里的事它都管。"

小梅开心地笑了起来："大管家，大管家，真好玩！"

刘加冲着鹅群喊："喂，别吵了，再吵我揍你们了！"说完拿起一把扫帚就要扔向鹅群。

海老头走出屋来，说："加加，别这样。大管家没有错，吃啥饭操啥心嘛。小梅，你说对不对？"

小梅说："我赞成。"小梅觉得这个院子里的动物真有趣。

风波平息了，但大管家对白猫的红领结依然耿耿于怀，它认为这件事是不能容忍的。

晚饭时，刘加特地网了几条穿条鱼招待新来的苔丝小姐。

风婆婆把小鱼蒸熟了，拌在饭里给白猫吃。苔丝小姐嗅了嗅走开了，连舌头也没伸出来一次。

小梅说，这猫从小被奶奶宠坏了，是不肯吃小鱼的。风婆婆犯难了，一时到哪里去弄大鱼呢？

小梅说："外婆，别理它，我这次带它来这儿就是要改改它的坏脾气。"

海老头说："好哇，是得改一改。"

凤婆婆说："哎哟，不过是一只猫，它懂啥呀！咪咪，来，吃一点。"

刘加说："奶奶，你又忘啦？它叫苔丝。"

凤婆婆说："对，苔丝，苔丝……哎哟，这名字真拗口，叫'咪咪'不好吗？多顺口。"

一家人都笑了起来。

苔丝小姐谁也不理睬，在竹躺椅上大大咧咧地睡觉。在这个屋子里，它就看上了这张光滑凉爽的竹躺椅。

到了黄昏，凤婆婆从茶叶蛋里挖出一个蛋黄喂给苔丝小姐吃。大概是真饿了，或是想找个台阶下，苔丝小姐这一次没再挑剔，很优雅地把蛋黄吃了，吃完了舔舔嘴唇看看凤婆婆，意思是："喂，还有吗？"

苔丝小姐从此对凤婆婆亲近起来，对小梅反而冷淡了。

大管家在几天之后的一个早晨等到了一个教训白猫的机会。

在城里，苔丝小姐是用惯了抽水马桶的。当然，它只顾拉屎，不管冲刷。淡黄的瓷缸多么干净啊！苔丝不肯在装了沙的畚箕里拉屎，偏偏要拉在一只淡黄色的脸盆里，结果遭到了小梅的严厉训斥。

这天凌晨，苔丝小姐哇哇乱叫，急着要拉屎，可那只淡黄色的脸盆不知藏到哪里去了。小梅爬上轮椅，把苔丝领到装着沙的畚箕那儿，示意它将就着用这个。苔丝小姐还是不肯将就，掉头就走，抗议性地把一泡烂屎拉在了竹躺椅上。拉完了，它还哇哇乱叫，意思是："那只脸盆呢？你们把它藏在哪里了？"小梅生气了，大声呼唤在隔壁房间里的表哥来帮她逮白猫，她要狠狠地惩罚它。

刘加来逮白猫。白猫几个纵跳就从窗口跳到了院子里。

小梅把窗子关上了，不让白猫回来。

关窗的一声响，把苔丝小姐吓了一跳。它回不到主人的身边去了，而它所在的地方空旷、陌生，充满了敌意。听，那些野蛮的大鸟又在威胁似的吼叫了。

白猫到了井台那儿。它觉得这一带比较干净。它跳到井栏上，探头一看，觉得里面黑洞洞的好可怕，便跳到井台旁边的石桌上。石桌上摊着许多植物籽儿。它正想干点捣乱的事泄泄气呢，于是爪尾并用，想把这些草籽扫到地上。不料这些黄豆大的东西是刘加采集的中药苍耳子。苍耳子可不是一只猫能乱碰的，猫被籽上带倒钩的小刺抓住了，很难摆脱它们。

没几下子，苔丝小姐身上就"戳"满了毛刺刺的苍耳子，越捋越牢，极其难受。它跳下石桌，在院子里乱跑，想摆脱这些讨厌的草籽，结果把院子里的坛坛罐罐弄得稀里哗啦，满地乱滚。

大管家是不会袖手旁观的。

白猫跑着跳着，突然发觉已落入"白衣警察"的包围圈。它一下子慌了，就猛地一跃，正撞在拦护菜畦的破渔网上，被网绳卡住了头颈，缠住了爪子。

大管家的机会来了。

大管家专朝白猫脖颈上的红领结下喙，啄、叨、撕、扯。

正在院子里洗竹躺椅的刘加目睹了这一幕。

白猫与鹅

把那么多讨厌的苍耳子取下来，使白猫吃足了苦头，而红领结的被夺更是它的奇耻大辱。养过猫的人都知道，猫是有自尊心的。

苔丝小姐决定出走，它要回到城里去。

猫具有"识路"的本能。它们甚至可以走出十里、二十里路再准确地回到原地。

可苔丝小姐怎么也想不起哪一条是来路。它胡乱地走着，每一次都被水挡住了去路。直到看见小船，它才想起它和小主人就是乘着这种漂在水上的"大箱子"来到这个倒霉地方的。

它跳上小船，以为这么一来，"大箱子"就会把它送回城里去。

小船上有隐隐的鱼腥味。鱼腥味刺激了苔丝小姐的食欲。它来到这里后一直没有认真吃过东西。它非常怀念老主人每天为它精心调配的可口食品，还有那绿绒绒的地毯和又柔软、又温暖的大沙发。对了，还有那个神奇的木盒子上的小窗子（电视机）。除了几则广告，苔丝小姐对其他节目都不感兴趣。乱七八糟的，什么东西！难道鱼会没有腥味吗？

难道人会那么小？当然，不管怎么说，那木盒是个好东西，冬天趴在上面睡觉，可暖和啦。

苔丝小姐从船头跑到船尾，又从船尾跑到船头，哇哇乱叫。它急着赶路，可"大箱子"一晃一晃的，就是不肯上路。

缆绳挽得太长了，但并没有松开，船只能在小小的范围内漂来漂去。

黑弟弟突然跳到了船头上。咦，刘加怎么不在？

水兽把苔丝小姐吓得要命。它想逃，可船离岸已有丈余，且河岸比船高出不少，根本没把握跳上去。猫虽然爱吃水中的鱼，可它们从不下水逮鱼，它们害怕水。狗天生会游水，但猫不会，猫落水很可能会淹死。

咦，这个白色的家伙是从哪里来的？黑弟弟伸出一只前爪，叫了一声。这是礼节性的打招呼，并无恶意。可白猫以为黑弟弟是在向它挑衅，便厉声喝了一声。

以色列动物学家R·门策尔博士研究过猫狗不和之谜，发现猫狗不和的主要原因是语言不通引起误解。比如，狗伸爪并摇动尾巴是"可以给一点吃的吗"或者"跟我一起玩好吗"的意思，而在猫的"语言"中，意思恰恰相反——"打死你"。

黑弟弟觉得扫兴，立起身，朝四周看了看——刘加呢？

苔丝小姐再次误解了对方的意思，露出牙齿，吼了一声，摆出准备攻击的姿势。这完全是虚张声势，它甚至不敢向一只小老鼠出击呢。

大管家在岸上目睹了船上的对峙，它当然是要管管的。

黑弟弟在大管家心目中是野兽，而白猫不是。

大管家退后几步，展翅起跑，奔到岸边猛一蹬足，把自己变成了一架滑翔机，向黑弟弟冲去。

对于大管家，黑弟弟是不敢迎战的。它一仰身，扑通一声就下水不见了。

另外四只鹅也学着大管家的样子叫嚷着扑到小船上。

这么些巨大的翅膀扇起的"威风"把苔丝小姐惊得连翻了两个跟头。它收不住脚，也扑通一声掉到了水里。

鹅会去救落水的猫吗？不会，因为鹅以为水是没什么危险的。

刘加赶到了。苔丝小姐运气不错。倒霉的是大管家，因为刘加看到的景象是：大管家率领鹅群围攻白猫，欲置白猫于死地而后快。

见主人来了，大管家放心了，率队划水而去。

刘加看到大管家停下来，弯过脖子把弄歪的领结郑重其事地扯端正了。

等到大管家回到院子里，刘加不客气地抓住它，一剪子把红领结剪去了。

救助受伤的天鹅

刘加要让表妹好好看一看他的"威尼斯"——刘加把沼泽称为威尼斯。

小梅说："我们乘的这条船就是'贡多拉'了！"

134

刘加说："不对，贡多拉是小舢板的意思，我这条船是'查尔斯王子'号游轮。"

这可真浪漫！

随船同行的还有苔丝小姐。苔丝小姐对这次航行颇感兴趣，因为它下船不久就明白了一件事：鱼是从水里抓上来的。它几乎天天吃鱼，可它从前并不知道鱼是从哪儿来的。

水很清，生活在浅水里的穿条鱼清晰可见。刘加的叉鱼功夫了得，一叉一个准。刘加把叉起的穿条鱼送给苔丝小姐，请它尝尝鲜。

苔丝小姐过去是不吃生鱼的，这次破例。它活跃起来，在船上兴奋地跑来跑去，探身看水，眼睛瞪得大大的，一看见鱼就喵呀喵呀地叫着，向刘加报告。

看来任何生灵都不能离开大自然太远、太久。

小梅忽然叫道："看！那才是'查尔斯王子'号呢！"

鹅群出现在前方的水面上。果然是一支气派非凡的舰队。鹅群发现了来船，一齐停下来行注目礼。

刘加喊："大管家，快让大家过来，有鱼尝呢！"

大管家看见了戴着红领结的白猫，挺拔的长脖子一下子就软了下去。大管家的脖子上没有领结了，空空荡荡的，这使它很沮丧。

鹅们高兴地争食刘加抛给它们的小鱼，大管家没心情参加这种游戏，悄没声儿地在一旁梳理着羽翎。

刘加注意到了大管家的反常表现。这是怎么了？平时大管家总是这类活动中的主角。

母鹅二婶子也注意到了大哥的郁郁寡欢。"大哥，你怎么啦？"二婶子用鹅的方式询问大管家。

"没什么，没什么。"大管家说。它确实也不明白自己为什么打不起精神来。白猫颈上的红领结使沼泽地暗淡了许多。

大管家说："我们有办法把船引到苜蓿岛去吗？没有人的帮助，那天鹅也许会有生命危险。"

二婶子说："大哥，我们听你的。"

我们把鹅的谈话翻译得过于仔细了。事实上，鹅的语言，即使加上它们的"身体语言"，也还是极简单的。

它们之间的交流，大部分得靠即景式的"琢磨"。可使我们惊讶的是，它们大多具有高超的"琢磨"本领，所以鹅群总是能行动一致，表现出一种无言的秩序。

大管家努力集中思想，思谋着把小船引向苜蓿岛的办法。

前面的一组小洲使小船有了几种选择。

大管家用几个动作使伙伴们明白了它的意图。鹅群忽然喧哗起来，一只跟着一只在水面上拍翅疾行。它们想告诉刘加前头有情况！

就这样，刘加和小梅发现了那只困顿中的天鹅。

小梅一时忘记了腿伤，竟想跳起来："这是一个童话。"

天鹅的确是童话里的鸟，但天鹅同时也是现实中的一种禽。天鹅的伤口已经化脓，细菌正在侵袭这只天鹅的身体。即便如此，天鹅还是挣扎着站了起来，戒备着，准备对来犯的人类做出拼死的抗击。它叫了一声，愤怒而决绝。

刘加明白了鹅群的引导，明白了这只天鹅急需救助，同时也听懂了天鹅愤怒而决绝的宣告。如果小船再靠近，这只孤独的天鹅很可能会不顾一切地以死相拼。

刘加从小生活在沼泽之畔，亲近大自然，听得懂大自然的话。

小船在原地缓缓地打着转儿。怎么办呢？

小梅说："天鹅受伤了，翅膀耷拉着，我们快去帮助它。"

刘加说："不能就这么过去，它会和我们拼命的。"

"怎么会呢？"

"会的，因为它是天鹅。人类老是侵犯它们，它们不再信任我们。"

小船在打转儿。怎么办呢？

刘加在这一刻和大管家对视了一下。刘加从大管家的眼神里看到了大管家对自己的信赖和企求。

刘加的心被什么东西拨动了："大管家，你有办法吗？"

大管家叫了几声，竟像唱歌一样委婉和亲切。

刘加心头一亮，说："小梅，你带笛子了吗？"

小梅没带笛子，不过她明白了刘加的意思，说："不要紧，你把那片芦叶摘给我。"

小梅能用芦叶吹出好听的曲子。那是一支有名的中国乐曲：《天声》。每一个音符都如一滴清凉的雨珠从高远的天空洒下，在习习的轻风中闪烁飘荡。人看不见它们，接不住它们，却能真切地感觉到它们的存在，感觉到它们一滴一滴地叩打在心弦上；家鹅看不见它们，也接不住它们，但看得见一棵棵青草在因之而颤动，看得见浮萍上晶莹闪亮的水珠儿；而天鹅看见了一碧万里的蓝天，看见了蓝天里一片一片的白云在悠悠地舒卷、飘动……

笛和箫是一节稍经加工的竹子，是最接近大自然的乐器，而芦叶就是大自然自己的乐器。芦叶上响起的乐曲是大自然在用亲切的口吻向儿孙们诉说仙境一般的梦想……

又是一曲《鹧鸪飞》。

在这如泣如诉、委婉迷人的旋律里，天鹅怀念起远方的伴侣，怀念起北方那片亲切的水域……在这如泣如诉、委婉迷人的旋律里，天鹅看到的是一幅和平安宁的图画——一群白羽红冠的鹅，簇拥着一条轻轻荡漾的小船，小船上有两个动作轻柔的人……

真正的音乐不是单纯靠人创作出来的，而是源自人心与天的交融，是超越物种隔阂的语言，是天地间永恒的生命的潮汐，是那样无边无际，无穷无尽……

当人类的手缓缓地伸来时，这只被伤痛和孤独久久折磨的天鹅竟然有些心酸。

白猫失去红领结

小院里现在很是热闹。

在人的帮助下，天鹅的伤很快痊愈。当然，它眼下尚不能长距离飞行；即使可以，它也没法独自远飞。它只能在这里等待秋天，等待它的部落归来。

这只年轻的天鹅有了一个奇特的名字：礼拜五。这是小梅和刘加从《鲁滨孙漂流记》里借来的。

礼拜五和家鹅相处得不错。它现在住在院子里靠近鹅寮的一丛野梵花那儿。它还是不肯走进有屋顶的地方。它有时会离开鹅群，独自去沼泽地里那个苜蓿岛盘桓一会儿。它已经认得水獭黑弟弟。它根本没把这个行动诡谲的家伙放在眼里。它可以用那只没受伤的强劲的翅膀轻而易举地击断这只小水兽的脊梁，但它没有这么做，只用"庄严的叫声"喝令鬼鬼祟祟的水兽躲到一边——"庄严的叫声"是小梅对天鹅的赞语之一。天鹅是一种很尊贵、很刚烈的动物，它们主张和平，从不主动进攻，但对一切侵犯都会毫不犹豫地反击。它们珍重"家庭"，同时维护群体。天鹅真是一种"大性子"的动物——"大性子"是海老头对天鹅的赞语之一。

四千多年前，一些野天鹅在埃及被人类驯化成为家禽。在驯化过程中，野天鹅失去了某些品性，但在所有的家禽中，它们依然与众不同，还表现出鹅族的一部分"大性子"。

在鹅的对比下，苔丝小姐显得卑劣、丑陋。别的不说，就说拉屎吧，经过这么多日子的反复说教，它的"抽水马桶情结"还是没有解开，还是令人气愤地把臭气冲天的烂屎拉在它认为最干净的地方。

一天早晨，苔丝小姐在拉了烂屎之后，若无其事地在窗台上做猫式的干洗脸。

一家人正在吃早饭，小梅说："外公，我真想把这没出息的家伙驱逐出去。"

海老头说："真的没办法啦？加加，你也想想。"

刘加说："把它流放到沼泽的一座小岛上去。"

凤婆婆说："亏你想得出，那是送它去死。"

海老头说："我有个办法，不妨试试。"

海老头的办法很简单——把白猫脖子上的红领结取下来，而且晚上不许它进入小梅的房间。事实证明这一招非常灵验。

按照刘加的指令，苔丝小姐到时间就会跑到沼泽边去挖个小坑拉屎，完了会用泥把小坑填上。

改由刘加喂食之后，苔丝小姐挑食的毛病也改过来了。以前它只吃清蒸的鱼块，现在小鱼也肯吃了，鱼汤拌饭也肯将就了。

小梅散步时不再让白猫搭乘轮椅。苔丝小姐只能自己去沼泽地附近玩玩。猫不同于狗，它是不肯陪人散步的。

水中的游鱼使苔丝小姐兴奋不已。当然，它只能干着急。它只能追捕上岸来玩的小螃蟹。这种横着走路的古怪的东西脚多得要命，有厉害的大钳子，要抓它们得先设法把它们拨弄得翻过身来。螺蛳没有脚，触一触，它们就缩进硬壳里久久不动。苔丝小姐有时也能耐心静等着螺蛳再次行动。这种活动对改变它的暴躁脾气很有益。

有一次，它把一枚大螺蛳叼回了院子，立即得到了海老头的称赞。苔丝小姐受到鼓励，有空就去野地里抓一点活物回来。它最愿意逮的是蚱蜢，因为整个过程像是一项有趣的游戏。海老头把蚱蜢转送给母鸡吃，再奖赏苔丝小姐一句话或几颗炒黄豆。以前它从不吃黄豆的，但作为奖赏，炒黄豆还是挺好吃的。

有几次，它在水边遇上了水獭。它一向害怕这个过分灵活的家伙。但它知道和这类对手遭遇时不能回头逃跑，否则准吃亏。它努力做出满不在乎的样子，然后装作想起了一件什么事，不慌不忙地走开了。它明白这比龇牙咧嘴、大吼大叫更有威慑力。

当一只猫真的像猫的时候，它的祖先就会通过一种叫"本能"的神秘东西让它明白许多的事理。摘下红领结之后，苔丝小姐正在人和大自然的帮助下逐步恢复猫的本性。

对这只猫来说，那个它从小就佩戴的红领结确实是可有可无的东西。

重新戴上红领结

但红领结对大管家来说不是可有可无的东西。

失去领结之后，人们很难听到它理直气壮地嚷嚷了。它的叫声已经无异于它的弟弟妹妹，这一点使它的弟弟妹妹很不习惯，它们因此也提不起劲儿来，觉得松松垮垮、稀里糊涂的没兴致。大哥，大哥，你到底怎么啦？

大管家自己也不明白为什么，就是打不起精神。

太阳快落山了。去不去沼泽地呢？大家很想听到大哥的指令。大哥在啄着香樟树。它也在等待谁的指令。

小拐子看见一只蝴蝶停在院门口的牵牛花蔓上，就想去逮。它对蝴蝶这种动物最没有抵抗力了。

鹅们以为小拐子是带头去沼泽，就一个一个地跟上了。小拐子见大伙往外走，也就往外走。到了沼泽。它们就跟着水流游，后来听见了礼拜五的鸣叫声，就朝传来叫声的地方游去。天鹅在苜蓿岛上徜徉，看见鹅群，就迎着游过来。鹅群不知道该往哪里去，在水上打着转转儿。

这个群体里没一个爱动脑子的，每一个都想跟着另一个。

礼拜五觉得这群鹅变得很平庸，很窝囊。它讨厌它们没头没脑地跟着它，就飞了起来，在水面上盘旋、滑翔。

鹅们都侧着头看它飞，一副傻乎乎的样子。

终于，有一天，一只鹰闯进了这片平庸的沼泽。鹰在沼泽上空盘旋着。它巨大的双翅无须过多的动作就能随心所欲地驾驭气流。这使它拥有了一种凛然的威仪。

鹰犀利冰凉的目光使沼泽打了一个寒战。蛙停止了聒噪，向着天空瞪大了眼睛。浅水里的鱼赶忙吐空鳔里的空气，悄悄地往下沉去。

鹅群正在一片广阔的水域中央，它们看见了鹰。它们虽然是第一次见到鹰，可立刻就确认了这种巨禽的凶猛和敌意。没有主心骨的鹅群向一个长着灌木的小洲逃去，溃不成军。在路过一个长了些蒲草的小洲时，小拐子抑制不住恐惧，爬上去，一头钻进了蒲草丛。小拐子本来就游在鹅群的最后，鹅群在到达灌木小洲时才发现小拐子掉队了。

鹰选择了小拐子。蒲草不比灌木，是无碍于它的出猎的。

鹰侧了一下翅膀，又将尾羽往上一翘，然后像箭一样向目标射去。这一次，鹰并未真的出爪，它要观察一下猎物和猎物所在地的情况。它没有必要匆忙下爪。

鹰回到了天空，优雅地滑翔。它喜欢这种带有悬念的表演性飞行。它乐于表演源于它的傲慢和强大。

鹰的傲慢和强大，还有鹰带来的巨大的凶险，终于唤醒了沉睡在大管家身体深处的意识。它的血沸腾起来，脑子飞快地旋转起来。

大管家冲出灌木丛，冲着它的小弟弟、小妹妹大声喊叫着，拍翅踩水径直向蒲草小洲冲去。

鹰在俯冲之前发现了一个对抗者，于是调整身姿，向大管家冲来。大管家在鹰到达之前的一瞬间突然改变冲击的方向，使鹰扑空了。鹰一压翅膀又升了起来，再做盘旋。这一次它盘旋的姿态已不再那么优越，一击未中令它多少有些沮丧。

鹰在又一次俯冲中来了一个声东击西——看着是冲大管家来的，但在迫近时却倏地改变了方向。它准确地抓住了小拐子，用力压翅升空。

大管家及时赶到，猛地一扑，但只勉强咬住了小拐子的脚。

鹰勉强能把一只未长大的鹅提起，却无论如何也抓不动两只鹅。它不得不松开爪子。

两只鹅掉在水里。小拐子惊恐万状地喊叫着，在水里打着转转。

大管家厉声命令它往灌木小洲游。现在可不是喊痛的时候！

鹰又闪电般冲下。

大管家忽然掉过头，迎着俯冲而下的鹰拍翅挺脖，以死相拼！

大管家的这一招大出鹰的意料。鹰大吃一惊，手忙脚乱地再度升空。

天鹅礼拜五就在此时赶到了。它是从苜蓿岛起飞的，悄没声儿地到了鹰的上空，突然发出"庄严的叫声"："昂，昂——"这是一种居高临下的宣战的声音。

空战即将发生，天鹅是唯一能和鹰相抗衡的动物。面对一队天鹅时，鹰根本不敢轻举妄动。

鹰吃了一惊。它处于不利的位置，而且经过几番冲击，它已经有些气喘。

鹰打个拐想升高，却发觉天鹅也已改变动作，准备拦截。啊，这是一个有经验的对手！

天鹅的体重比鹰重一倍以上，身大力不亏。高速飞行中的天鹅是鹰所无法抵挡的。鹰再也不敢恋战，掉头就逃。

天鹅嘹亮地叫了一声。

大管家也嘹亮地叫了一声。

乘船而来的刘加、小梅和苔丝小姐远远地目击了这场惊心动魄的"海陆空立体战争"。

多么勇敢的鹅呀！就这样，大管家重新戴上了鲜红的领结。

雪原狼獾

[加拿大] 查尔斯·罗伯茨

饥饿的狼獾

　　在遥远的北方，苍白、阴沉的天空下，空旷的雪地白茫茫一片，绵延数公里，分不清哪儿是树、哪儿是山，雪地一直延伸到笔直而又充满危险的地平线。在位于雪地南部边缘的一块土地上，密密麻麻地长满了一排排杉树，这块土地既有限又贫瘠。杉树林在白色的雪地中透出斑斑点点的墨绿色，树枝上也到处挂满了白雪。

　　一个毛色发黑、体形矮胖的动物穿过一条寂静的林中小道，小心翼翼地走过来，它把扁平的鼻口部紧贴在雪地上，边走边嗅，它正用那敏锐而又凶残的眼，还有更加灵敏的鼻子，在雪地上仔细搜寻其他动物的气味和踪迹。尽管它体形相对较小——比狼和猞猁的体形小，甚至比狐狸的体形都小——但它还是没有办法隐藏自己的一举一动，没办法掩盖自己的足迹。鉴于自己力量有限，它不得不时刻关注身边可能出现的敌人。它比大它三倍的其他野兽还要强壮，它和狐狸一样聪明，它那顽强、凶残的脾气远近闻名，这些似乎可以让它免受不必要的打扰。

　　这个黑黝黝、长相凶残的动物走起路来像熊一样，长着扁平的脚掌，身长虽然不足三尺，但也算是个大块头，体重与同等身材的熊相当。它的皮毛又长又粗糙，是棕黑色的，条状粗糙的毛发覆盖在腹部两侧，上面有一条宽宽的淡黄色环状带纹延伸到尾基部。它那强壮有力的、带有利爪的脚掌是黑色的。它长着短短的鼻子，大嘴巴，额部很宽，浓密的黑色毛发从它眼睛上部垂下来。它那双眼长在向外突出的眉毛下面，闪烁的目光中混合着智慧和难以平息的凶光。在它令人生畏的力量和难以驯服的野性中，蕴藏着随时可能爆发的、难以控制的怒火。这个奇怪的动物被赋予了北方所特有的坚韧和不可战胜的精神。它的名字多种多样，猎人们有时叫它狼獾，有时叫它貂熊，但通常叫它"贪吃的家伙"或者"印第安魔鬼"。

这只母狼獾穿过寂静无声的荒凉地带，继续不慌不忙地向前行进。这时，它突然在杉树林边发现了一只体形巨大的猞猁留下的新鲜足迹，猞猁那宽大的脚掌在地面上留下的脚印比它的要大上好几倍，但它还是停了下来，开始仔细观察这些脚印，没一点担忧的迹象。它最终决定追寻这个外来者留下的足迹，其中缘由它心知肚明。它并不关心这个外来者想要干什么，它更关心的是外来者刚才曾做过什么。

足迹把它引到杉树林中阴暗的一角，在这里的地面上，沙石泥土搅作一团，掉落的野果相互缠绕在一起，上面覆盖着一层白雪。现在它来到了这片被翻动过的雪地上，眼睛里闪着贪婪的光芒。这里的雪地上遗有血迹，它意识到这儿一定埋藏着猞猁猎杀的动物——猞猁会把吃剩的动物埋藏起来，以备不时之需。

它的鼻子迅速地告诉它"宝藏"的埋藏地点，于是它低下头用它那短小而有力的前爪狠命地刨起来。当下是食物匮乏的严冬季节，猞猁填饱肚子之后，往往小心地把剩下的猎物埋到很深的地底下，所以狼獾必须不断往下挖。在它发现自己要寻找的东西之前，坑外只露出它那条暗淡无光的尾巴末端。它终于找到了埋藏的猎物，但却发现只有一条小蓝狐的后腿。它生气地把蓝狐的后腿拖上来，立刻狼吞虎咽地吃了起来。它饿坏了，这点食物还不够塞牙缝儿的。它舔了舔嘴，像猫一样用黑色的脚掌匆匆地抹了抹脸。它放弃追踪猞猁的足迹，朝着树林深处走去。这时，它发现了几串兔子的脚印，接着又发现了松鸡留下的凌乱的脚印，还有排列有序的点状小脚印。它只需扫视一遍，或者把抽动的鼻子贴近地面闻一闻，就知道这些脚印都是很久以前留下的，没必要在意。在杉树林中穿行了大约一公里的时候，一串足迹引起了它的注意，于是它停了下来。

　　在穿越厚厚的积雪所留下的足迹当中，唯有这一串足迹在它的心里引起了片刻不安的感觉。对于狼群留下的足迹，它并不感到非常担心——因为再饥饿的狼群也爬不上树。但这是宽大的雪地靴留下的足迹，它从中得知，这是比它还要狡猾的什么动物留下的。它警觉地环视四周，在树底下端详起来——因为仅仅依靠足迹的方向，它对这些危险动物当中某个成员的去向并不能做出正确判断。它后腿蹬地，臀部下沉，几乎要站立起来，嗅着空气中酝酿着的一丝一毫的危险气味。然后它又低下头闻了闻雪地上的足迹。足迹上留下的人类气味很浓，而且足迹比较新鲜，但谈不上危险。警报解除之后，它决定跟踪这个人，看看他都做了什么。但最终它也没能找到答案，这叫它不得不对这个人心生敬畏。既然得到了暗中观察这个人的机会，它非常乐意与其进行一场智慧的较量，然后就像它抢劫其他动物的猎物一样，大摇大摆地从他那儿把猎物抢走。

这只狼獾在这么大的范围内捕猎，直到现在它才察觉到这个冬天有一个人来到了它的狩猎场。根据它的经验，人就意味着狩猎者——或者——设陷阱捕兽的人，这里非常明显地要对设陷阱捕兽的人加以强调。它害怕猎枪——但它一点也不害怕猎人的陷阱。实际上，它视陷阱为难得的善行，只要一有机会它便准备好从中受惠。它凭借的只有浑身的力量和狡猾的头脑，但没有速度，所以它知道陷阱可以抓住所有奔跑速度快的动物，并且把它们牢牢困住。它还知道通常沿着人类的足迹会发现一连串的陷阱和圈套。现在它就怀着兴奋而又期待的心情，开始专心致志地跟踪这串足迹。

它走了一小段路之后，顺着足迹，来到一块踩踏过的雪地上，四周散落着几条冻鱼。它马上意识到在这乱七八糟的地方，靠近地面的某处正隐藏着一个陷阱。它谨慎地转着圈儿，把最小的碎鱼屑捡起来，狼吞虎咽地吃下去。靠近雪地中央有一大块诱人的冻鱼，但它狡猾地猜想那块冻鱼附近就是隐藏陷阱的地方。它慢慢地向鱼靠拢，鼻子紧贴在雪地上嗅着，小心翼翼地辨别。它突然停了下来。它从积雪中闻出了人类的气味，钢铁的气味，其中还夹杂着干鱼的味道。它从脚下稍微往边上一点的地方挖开积雪，立刻发现一条亮闪闪的锁链。循着这条锁链，不一会儿它就找到了陷阱。它谨慎地让陷阱暴露出来，然后毫无顾忌地吃掉那一大块冻鱼。尽管如此，它的好奇心和食欲远没有得到满足，于是它继续追踪猎人的足迹。

这一次它找到的是一个暴露在外面的陷阱——发光的金属线做成的套索，悬挂在用杉树枝巧妙布置的狭小通道顶部，通道一直延伸到一棵高大的铁杉下，诱饵放置在套索后面很显眼的位置，只有穿过套索，才能吃到诱饵。狼獾发现在自己到来之前，已经有些头脑不太灵光的动物来过这里了。这样的一个陷阱能抓住凶猛但十分愚蠢的猞猁，不过在猞猁到来之前，狐狸是最早的造访者。它发现了狐狸的足迹。狐狸曾站在外围仔细地侦察过这条用杉树枝铺就的狭小通道，然后从套索后面打通一条路，偷走了诱饵并全身而退。狼獾对狐狸的这套把戏嗤之以鼻，便继续前行。它对这种陷阱并不熟悉，所以它小心翼翼，避免因行动莽撞而给自己带来危险。

它整整走了一公里才到达下一个陷阱。但它发现这个陷阱不仅与先前的完全不同，而且更加有趣。它正轻轻地绕过一块被大雪覆盖的巨石，突然听到什么动物的一声咆哮，伴随着刺耳的格格声，紧接着是"砰"的一声巨响。它迅速地往后一缩，差点被一只体形巨大的猞猁挠到。这只猞猁在它之前发现了这个陷阱，但由于它们这个种族的天生愚蠢，它被陷阱困住了，无情的铁夹牢牢咬住它的左前腿。它突然听到有什么东西几乎是悄无声息地向它接近，此时它正因疼痛和暴怒而发疯，没等看清对手的真面目，就朝对方扑了上去。

狼獾一直利用猞猁受到铁夹限制、不能自由跳跃的劣势，围着痛苦咆哮的俘虏慢慢踱着步。猞猁毫无意义地暴跳如雷，时不时地向狼獾发起突然袭击。尽管猞猁在力量上占绝对优势，但狼獾体形更小、更灵活，而且狼獾不像猞猁那样，在打斗中时刻想要置对手于死地。其实狼獾也十分害怕，爪子在空中乱抓，却突然抓住了猞猁那能挖得出对手内脏的后爪。但为了保卫家园和一窝幼崽，它会毫不犹豫地跟猞猁斗下去。它那锋利的牙齿和与斗牛犬一样强壮的下颌虽然很有战斗力，但在这样的争斗中却不起作用，对手还是会把它撕成碎片。它的精明还远不足以让它远离这样不必要的打斗。它不敢轻举妄动，只是缓慢地、不知疲倦地围着这个受了刺激的囚徒徘徊。狼獾相信，只要把它的体力耗尽，就能找到它致命的弱点，将它制服。

　　猞猁已经被这个陷阱纠缠住了，它不够聪明，忙着进行这种无谓的争斗，白花力气。猞猁正费力地应付狡猾对手的伎俩，突然，远方寂静的雪地里传来了一种声音，狼獾和猞猁立刻一动不动。那是一阵悠长、低沉而又跌宕起伏的叫声，抑扬顿挫的调子里蕴含着难以描述的忧郁。叫声时隐时现，最后慢慢消失了。猞猁蹲坐下来，瞳孔扩大，集中精力侧耳倾听；狼獾对这种声音也很感兴趣，但并不害怕，它直挺挺地站在那儿，耳朵、眼睛和鼻子都派上了用场，好像要找出更多关于这个不祥声音的信息。那种声音一遍遍响起，并且迅速朝这边靠近。现在这种声音已经分解成许多声音的合唱。猞猁痉挛性地跳动了几下后，开始猛拉铁链，想把被铁钳咬住的前腿挣脱出来——最后，它意识到自己无能为力，只好重新蹲坐下来，一想到自己就要遇到危险了，它不禁浑身发抖，它那顶端长了一撮长毛的耳朵紧贴着后背，眼睛里闪着绿光，每颗牙齿和每只爪子都为最后一战做好了准备，但是狼獾只是竖起身上的毛，它预料接下来发生的事情可能会打断自己的捕猎计划，因此大动肝火。它很了解，那可怕的忧郁的叫声是狼群发出来的。但是它确信狼群并没有跟踪自己的足迹。可能它们只是从远处路过，并不会伤害自己，更不会发现它和它的猎物。

这两个倾听者没时间犹豫，因为狼群正在追踪的驼鹿碰巧在狼獾到来的前几分钟，才从距离狼群三四十米远的深雪中，迈着艰难的步子离开。狼群飞奔而来，穿过高大的杉树树干看过来——总共才五棵冷杉树，它们靠得这么近，一块桌布就能把它们盖起来。狼群查看地上的足迹，知道猎物一定就在附近，在强烈的饥饿感驱使下，它们一心追赶猎物，眼睛并不打量周围。等到狼群几乎离开了视线，猞猁重新振作起来。这时，狼群头领从眼角的余光发觉雪地上的巨石脚下有些异常——露出的淡黄色的皮毛已经告诉它一切。它转身回来，嘴里发出欢欣鼓舞的嚎叫声。接着，整个狼群都折回来，朝巨石下的俘虏奔去。看到这种情景，狼獾气愤至极，只好蹿上最近的一棵树。

陷阱里的俘虏并没有向狼群屈服，它想赌一把，哪怕只剩最后一口气。狼群尖叫着、跳跃着朝它发起猛攻，所有的尖牙利爪都朝着它扑来。夹在它腿上的铁家伙十分讨厌，妨碍了它的行动，让它的实力大打折扣。一时间，狼群和它们的猎物哀号、尖叫着扭打成一团。貂獾终于从狼群中挣脱出来，有三只狼被它严重抓伤。可是，又过了短短几分钟，倒霉的貂獾就被狼群吞进肚中了，只残留几块较大的骨头和陷阱铁夹上的少许皮毛。

狼獾眼见自己唾手可得的大餐消失了，怒不可遏。它从树干上爬下来，好像要向狼群扑过去咬一口。狼群头领抢先一步跳向树干朝它扑过来。狼獾差点就被对方咬得咯咯作响的尖牙咬到。它把身体往后一缩，对着狼群头领凶恶地咆哮一声，想要咬住狼的鼻子。狼獾发现自己没有得逞，便用强有力的爪子闪电般地又一次发起攻击，把狼的鼻子抓出了一道大口子，接着它尖叫一声退了回去。过了一会儿，仍没有填饱肚子的狼群疾驰而去，继续追踪驼鹿的足迹。狼獾冷静了下来，生气地用鼻子闻了闻地上被吃得干干净净的骨头。最后，它也尾随狼群而去。

猎人与狼群

这时，穿雪鞋的猎人碰巧转了一大圈，想要带回陷阱捕捉到的猎物。他快要回到自己的小木屋时，却突然撞见了正在躲避狼群追赶的驼鹿。驼鹿已经累得筋疲力尽、恐惧万分了，雪地又异常难走。然而对于那些脚步轻盈的狼群来说，在厚厚的雪地上奔跑同样异常艰难——这头体形巨大的驼鹿已经穷途末路了。驼鹿看到出现在面前的人，比看到紧随其后、残忍无比的天敌还要恐惧。它不停地喷着鼻息，突然朝旁边跑去。穿着雪鞋的猎人很快就追上了它，然后突然朝它冲过去，顺势用猎刀刺穿了它的喉咙。这个巨大的动物颤抖着倒在血泊中。

猎人知道，这头驼鹿之所以这么疲于奔命，肯定是因为身后有天敌追赶它。他还知道不可能是其他敌人，肯定是狼群或者其他猎人，只有这两者才能让驼鹿如此慌忙逃窜。在离他三十公里的范围内没有其他猎人，因此，追赶驼鹿的肯定是狼群。此时他手里没有武器，只有一把猎刀和一把轻斧头。他经常带着制作陷阱的工具及兽皮，因为冬天里带一把猎枪好像有点累赘。一个人没带枪，却想从狼群口中把猎物夺走，这无疑是不明智的！但是猎人不想把新鲜的驼鹿肉全都留给狼群，于是开始匆忙又熟练地把上等的腰腿肉从驼鹿的尸体上割下来。正在这时，他敏锐的耳朵听到远处传来了狼叫声，他只有赶快下手。随着叫声越来越近，他加快了手上的动作。

狼群打断了狼獾的捕猎，狼獾因此加以报复，猎人对整个事件有所了解，因为他听到了打斗的声音。但是当狼群再一次野心勃勃地继续追赶驼鹿的时候，他知道自己必须马上离开。他必须立刻撤退，而且撤退的时候还不能被狼群看到。他尽可能多地带上了肉，朝着小木屋的方向逃去。但是他走出去大约两百米之后，却拐进一棵高大的铁杉底下的灌木丛中。他想看看，当狼群发现它们的猎物已经被他抢先一步杀死，并带走了一部分的时候，会有什么反应。他刚躲进灌木丛，狼群紧跟着就到了。它们朝着驼鹿的尸体飞奔而来。它们在离驼鹿尸体几步远的地方短暂地停了一会儿，满腹狐疑地低吼了一声，然后匆忙退了回去。它们最惧怕的敌人的脚印和气味出现在尸体周围。猎人的手艺——他那干净利落的刀工——明显地在驼鹿的尸体上留下了痕迹。它们脑海里闪过的第一个念头就是要保持谨慎。它们怀疑这是一个圈套，于是它们围着尸体小心地转着圈子。打消了疑虑之后，它们变得怒气冲天。猎物在它们到来之前被杀死了，捕猎就这样被无礼地打断。尽管如此，这一切都是向来傲慢无礼的霸主人类做的，他们总是随心所欲，进退自如。它们并没有胆量跟踪人类，报这一箭之仇。过了一会儿，它们从盛怒中冷静下来。接着，它们一哄而上，野蛮地扑到驼鹿还温暖的尸体上饱餐一顿。

猎人从自己的藏身之处观察着狼群，他可不想在它们还没有完全填饱肚子之前惊动它们。他知道等它们吃饱之后，还会剩下很多不错的鹿肉。它们最后会继续把剩下的肉埋起来，以备后用。那时他就可以把肉挖出来，拿走干净的、没有被撕咬过的部分，剩下的就留给这群狼吧。这样一来就避免了所有麻烦。他正观察着眼前大吃大嚼的狼群，突然发现狼群上方的冷杉树枝上有一个动物在活动。然后他用敏锐的眼睛辨别出那个健壮的动物是一只狼獾。

狼獾几乎就在狼群的头顶上活动，从一棵树跳到另一棵树，与雪地之间保持着安全的距离。狼獾——猎人叫它"贪吃的家伙"——心里能想什么呢？猎人难以想象，凭狼獾的狡猾劲儿，可以抵挡得住五只丛林狼的进攻。他和其他猎人一样，也很讨厌这个"贪吃的家伙"。他巴不得狼獾从树枝上掉下来，正好掉到狼群嘴边。

爬树可是狼獾的拿手好戏，何况它向来行事谨慎，是不会出岔子的。它身体的每一部分都保持着高度警惕，为向狼群报仇雪恨做好了准备。是它们夺走了它唾手可得的猎物！它鄙视大部分其他野生动物，对于狼群，它不但鄙视，而且痛恨，因为给狼群让路，让它觉得很不舒服。它在树木之间缓慢爬行，直到发现一棵树上长着一些比较低矮的树枝，径直伸展到驼鹿的尸体上方。它从其中一根树枝上爬出来，充满敌意地俯视着它的敌人。这时有两只狼发现了它，它们停止了进食，咬牙切齿地跳起来，朝它扑去。如此这般，折腾了好长一段时间。结果它们发现根本就够不到狼獾，此刻狼獾对于它们徒劳无功的示威不理不睬，一动不动地趴在那里。最后它们不得不收手，回到尸体旁边，继续狼吞虎咽地大吃起来。

狼獾是黄鼠狼的表亲，只不过体形稍大，同时还是臭鼬的远亲。这种动物既有黄鼠狼的凶残劲儿，也有黄鼠狼天不怕地不怕的胆量。说狼獾和臭鼬有亲缘关系，是因为狼獾身上也长着一个可以分泌某种油脂的腺体，这种油脂能发出一种与众不同、威力强大的恶臭。狼獾分泌的这种油脂的气味，并不像臭鼬散发出来的那么使人难以忍受，那么刺鼻、令人窒息。但是所有的野生动物都厌恶狼獾的脂腺分泌物散发出来的气味。它们无论被饥饿折磨得多么痛苦，都不会碰一口被狼獾稍微污染过的肉。不过狼獾自己却一点也不介意。

狼獾正在冷杉树上俯视狼群，它把脂腺中的分泌物喷到了驼鹿尸体上，弄得到处都是。它是在用它喷出的令人作呕的液体对敌人施以还击。狼群一边咳嗽、打喷嚏，一边狂怒地尖叫，然后跳跃着跑开了。接着它们开始在雪地里打滚或者挖洞。它们不可能立即把身上难闻的恶臭除掉。但是，过了一会儿，它们就恢复了平素沉着的样子，坚决放弃了被玷污的鹿肉。它们围着冷杉树徘徊，与狼獾保持着安全的距离。面对着对手，它们复仇心切，把尖利的长牙咬得咯咯作响。

它们好像准备无限期地守在这儿，守株待兔，想要把狼獾饿出来，然后把它撕成碎片。狼獾意识到了这一点，它对狼群置之不理，爬到一根更高、更舒服的树杈上，然后漠不关心地趴下打起盹来。它知道它那贪得无厌的胃比任何一只狼都更能忍饥挨饿，能在这场持久战中轻易取胜。猎人看到这么好的鹿肉就要变质时，心里非常愤怒，但是他看到像狼獾这样一个弱小的动物却能战胜整个狼群，他心里的天平又开始向狼獾倾斜。接着他转身离开，把狼獾和狼群抛到脑后，继续赶路。现在，狼群在他眼里根本算不了什么，他已经准备用自己仅有的一把斧头对付它们。

獾狼大战

从那天起，狼群对狼獾就怀有一种刻骨铭心的怨恨，它们时不时在它身上浪费宝贵的时间，想尽办法想要趁其不备将它擒获。这几周的漫漫寒冬除了暴风雪，就是死寂一般的寒冷。狼群的记忆力很强，即使经过了冬天这天气恶劣的几周，它们心中仇恨的痛苦也丝毫未减。有一段时间，狡诈的狼獾吃着被它污染过的肉，长得又肥又胖。这时候除了熊，大多数动物都在自己的窝里舒心地睡大觉，豪猪则在食不果腹的时候心满意足地吃着铁杉和云杉的叶子充饥。在这期间，狼獾储备了许多食物，连它那贪得无厌的胃都一时消化不了，所以它不再抢夺猎人陷阱里捕捉到的猎物，也不去掠夺其他动物的零星库存。可是，最后它的储藏室还是被自己吃空了。

于是，狼獾又开始垂涎陷阱里的猎物，很快招致猎人对它的愤怒，它发现这下子它要同时防备两个敌人了。这两个敌人是野外最强大的对手——人类和狼群。即使是结仇这么严重的事情也没有吓退狼獾的贪婪，反而助长了它大无畏的精神。它继续抢劫陷阱里的猎物，避开狼群，躲避猎人最狡猾的追捕，直到春天来临。春天的到来不仅解决了森林里的饥荒，而且终止了猎人的狩猎。当所有野生动物的皮毛开始失去光泽的时候，猎人把满载兽皮的手推雪橇车放进了小木屋，再把小木屋严严实实地密封起来，然后在雪地融化之前动身回到居民区。狼獾一旦确定猎人已经离开，就会使出全身力气，拿出浑身解数闯进密封的小木屋。在它的耐力和不懈努力下，它终于从屋顶闯了进去。小木屋里有许多食物——面粉、咸猪肉和变干了的苹果，这些都很符合它广泛的口味。它在小木屋里尽情享受，直到个人使命召唤它的时候，才恋恋不舍地离开。

在这个辽阔的积雪地带，春天姗姗来迟，但是春天一旦要来，就会快得迅雷不及掩耳，无法阻挡。紧跟着夏天也热烈地涌向平原和杉树林，短暂的夏季里总是有很多要做却来不及做的事情。在离小木屋后面大约五公里远的地方，狼獾在一个杂乱的沼泽地中央的一块干燥的小圆丘上挖了一个宽敞、隐蔽的洞穴。它在这里产下一窝幼崽，它们的个头很小，看起来很像它的微型复制品，只不过颜色更淡一些，皮毛更柔顺光滑一些。现在，它对抚养这些幼崽热情高涨，它不会到离家很远的地方去捕猎，因此它只好吃些田鼠、蚯蚓、昆虫来填饱肚子。

狼獾过起了这样的隐居生活，因此它的敌人——狼群一时失去了它的踪迹。按照夏季里狼群的惯例，此时它们已经分崩离析，只是一个形式上的组织。但在它们四下分散的成员之间还多多少少勉强有着一定程度的凝聚力。狼群头领和它的伴侣就定居在离狼獾藏身之地几公里远的洞穴里。

一天，长着灰白色皮毛的老头领捕猎回来，它那瘦削的嘴里叼着一只兔子。它想穿过沼泽地，抄近路回洞穴。这时它碰巧发现了敌人的足迹，这个敌人已经销声匿迹许久了。实际上，它只遇到狼獾的寥寥几个脚印，不过它心里十分清楚这意味着什么。它并没有停下来，也没有表现出想要停下来进一步打探这些脚印的意向。但是当它继续赶路的时候，它那精明的眼睛里闪烁着图谋报复的光芒。

大约在这个时候——刚过仲夏——猎人回到小木屋，带来一些补给。小木屋和居民区之间隔着很长的一段路程，为了积累足够的备用品以度过漫长、无情的寒冬，猎人要在短暂的夏季里往返多次。当他回到小木屋时，他发现尽管他已经事先做好了预防措施，但贪心的狼獾还是以智取胜，闯了进来，抢劫了他的备用品。他再也抑制不住心中的怒火。

危险的敌人，比其他所有的野生动物加在一起还危险，他在继续储备冬季所需的物品之前，必须先找到它，杀死它。

几天以来，猎人以小木屋为中心开始寻找狼獾，并不断扩大搜索范围，想要找到敌人的新鲜足迹。最终，一天傍晚，他在沼泽地的外围地区发现了狼獾的足迹，但是天色已晚，没办法再跟踪下去。于是第二天一早，他就出发了，身上带着猎枪、斧头和铁锹。他发誓一定要把狼獾一家全部灭绝，一个不留。他和那只老狼对于狼獾选在沼泽地圆丘上筑窝的原因都心知肚明。

碰巧狼群也在这天早上来与狼獾了结恩怨。老头领——它的配偶忙于照顾狼崽而没有来——找来其他两名像它一样想要报仇雪恨的狼群成员。在沼泽地里寻找狼獾的足迹对鼻子灵敏的它们来说轻而易举。它们找到了狼獾建在干燥、温暖的小圆丘上的洞穴，于是在接下来的几分钟时间里，它们从洞穴周围小心翼翼地、悄悄地包抄过去，然后开始把洞穴挖开。这时脚上穿着鹿皮鞋的猎人也谨慎地、像狐狸一样蹑手蹑脚地靠拢过来，眼睛扫视着小圆丘。此时，他在黑暗、杂乱的树林里发现了异常情况，于是停止了前进。他偷偷地溜到一片树枝后面藏了起来，眼睛盯着前面，饶有兴致地观看起来。他看见三只体形巨大、毛色灰白的大灰狼正在愤怒地挖开洞穴。他明白它们挖的是狼獾的洞穴。几只狼刚开始低着头挖洞的时候，它们的鼻子闻出洞里藏着小狼獾，但是它们并不确定狼獾妈妈是否在家，不过现在它们对此已经心中有数。干燥的土壤从狼群猛烈挥动着的爪子下面飞溅出来，突然，一个黝黑、扁平的口鼻迅速探了出来，然后又敏捷地缩了回去。紧接着传来一声因疼痛而发出的尖叫声，只见一只年轻的狼一瘸一拐地退了回去。它的一只前爪被咬穿了，它哀号着躺了下来，舔舐着前爪疗伤。这只爪子在一段时间之内是不能再刨土了。

躲在掩护物后面的猎人看到了眼前所发生的一切，顿时对地洞里凶猛的小战士——他的敌人——既同情又钦佩。剩下的两只狼更加小心谨慎，它们离洞口远远的，只在洞口边缘挖掘。黝黑的口鼻一次又一次地探出来，但是狼都及时跳开，逃脱了突袭。眼前的一幕反复上演，直到猎人觉得狼疯狂的挖掘已经快挖到洞穴的底部。于是他屏住呼吸，想要看看故事的结局，他认为那场面肯定很激动人心。

他并没有等多久，好戏就上演了。

突然，狼獾妈妈像从弹弓里弹出来的子弹似的，嗖的一下从洞穴里跳了出来，朝着最近那只狼的嘴部抓了过去。那只狼躲闪不及，被它牢牢地逮住下颌后边咽喉的侧面。狼獾死死咬住狼的咽喉，于是狼把后腿一蹬，高高跃起，疯狂地挣扎起来，想要甩掉它。但是狼獾用它那强大的力量、锋利的爪子把狼扳倒在地。它的力量几乎可以和一头熊相媲美。它让狼位于它身体的上方，力求用狼巨大的身体做盾牌，来抵挡另一只狼的尖牙的攻击。它们俩在地上滚来滚去，一直滚到圆丘脚下。

第二只被狼獾牢牢抓住的狼也很年轻。这么看来，即使眼前的逆境能够扭转，胜利也非狼獾莫属。但是老练的头领心思缜密，它目睹了伙伴的遭遇，因此它警惕地站在那里，企图看准时机，一举成功。终于，年轻的那只狼的挣扎不再激烈；老头领瞅准时机，向前冲去，在狼獾的腰上划出一条可怕的伤口。但是这一抓并没有达到它想要的效果。狼獾扔下这只年轻的狼，转过身来勇敢面对老头领的挑战。老头领向前一跃抓住了它的背，用可以咬碎骨头的上下颌紧紧钳住它——这就是老头领想要的决定性的、致命的一抓。但是狼獾并没有被击垮，它一直坚持战斗，直到咽气。它那凶猛的眼神慢慢暗淡下去，它扭动着身躯，成功地牢牢咬住对手的前腿。凭它仅剩的最后一点力气，仅存的最后一丝勇气，它咬紧牙关，直到它的牙齿咬碎了老头领的骨头。这时它的身体变得生气全无，于是老头领把它抛到了一边。

老头领断定狼獾已经死去，它为此感到心满意足，一瘸一拐地从沼泽地偷偷溜走了，边走边尽可能抬高它那条被咬残废了的前腿。猎人从藏身之地走出来，凑上前去。头一只被咬伤的狼站了起来，以让人感到吃惊的迅捷速度离开了。但是被狼獾咬住喉咙的那只狼躺在倒下去的地方一动不动，距离凶手的尸体只有几步远。这个季节的狼皮没什么价值，于是，猎人小心地用脚把狼的尸体推到一边。但他站在那儿，怀着敬意低头看着狼獾的尸体，足足看了一两分钟。

"你可真是个响当当的家伙。只可惜你是个贼，是个让人讨厌的贪吃的家伙。"这时他咕哝着说，"因此你所有的崽子都要被清除掉！但说到勇气和毅力，那没话说，我得向你脱帽致敬！"

（张煜　译）

小七流浪记

杨秋

惨遭抛弃

"这是哪里？老爸以前没带我来过。外婆怎么还不回来呢？"小七摇了摇头，努力让自己的思维清晰起来，但眼前的景色依然陌生。

小七记得，外婆用小电动车拉着它转了好长好长时间。出门前，外婆特意给它抓了满满一大把狗粮，它还喝了不少水。刚开始，小七蹲在后座上，隔着电动车的玻璃，看着外边的风景，觉得蛮有意思的。菜市场的气息、彩虹广场的喧闹声、那条正在治理的水沟发出的臭味儿，全都透过半开的玻璃窗飘进来。

小七迎着风，嗅了嗅，这些气味儿它都熟悉。外婆还没有停下来的意思，窗外的景色开始陌生起来，周围的气息也不再熟悉。小七感觉有些乏味，就蜷着身子睡着了。

"七仔，乖小子，过来。"听见老爸在叫，小七激动得连滚带爬地跑过去，抱住老爸的大腿。老爸手里拿着一个毛茸茸的小猴子，顺势一抛，小七加快速度去追赶。因为地板太滑，它弓着腰连续加速两次，都没有挪动身子，只是笨拙地在原地打滑。老爸老妈看着小七，开心地拍着腿哈哈大笑。

"囡囡，吃饭喽——吃饭喽——"外婆喊了一遍又一遍。老爸大笑着急忙去了厨房，老妈好像没听到似的，依然和小七在一起疯玩。

小七咧了咧嘴角，发出兴奋的呓语。电动三轮车开得很平稳，小七像睡在沙发上那样舒服。不知道过了多长时间，车子突然停下了，惯性让小七差点从座位上摔下来。

外婆打开车门，把小七放在地上，说了很长一段话。小七迷迷糊糊的，只听到外婆说："七仔，乖乖的哟。"然后就发动了车子。等小七明白过来，外婆已经不见了踪影。

小七本能地向前追了一段，没看到外婆，就慢慢地回到下车的地方，它怕外婆到那儿去找它。说实话，小七有点害怕外婆。外婆特别爱干净，也很时尚，涂着红红的嘴唇，留着打卷的长发；她穿的黑色的高跟鞋，天天擦得锃亮；她即使在家里也从来不穿拖鞋，好像随时准备赴宴一样。她嫌小七掉毛，嫌小七摇尾巴碰到她的腿，还总是说小七身上有细菌。

天已经完全黑了下来，又闷又热，这是下雨的前兆。小七睁大眼睛看看四周，浓密的树木透不过风来，这里和老爸老妈居住的小区不一样，应该是老爸所说的原生态树林。两个路灯之间的距离很远，发出的光不比萤火虫的亮多少。小七所在的地方有一盏灯坏了，于是这很长的一段路就掉进了黑暗里。

想到老爸，小七心里一暖。老爸很在乎老妈，几乎什么事儿都听外婆的。这是一次老爸和老妈聊天时小七听到的。

小七记得，一开始，外婆还是蛮好的。老妈抱着它和外婆"阿拉，阿拉"地说话，老爸也饶有兴趣地坐在一旁听。从什么时候开始，外婆不喜欢自己的呢？小七没弄清楚。

一只大尾巴的黄鼠狼从树丛中突然蹿了出来，小七吓得发抖。它带着哭腔对着那片晃动的树丛大叫了几声。小七听到自己的声音被周围的树木挡住了，又落回到耳朵里，它吓得住了声。知了可能不害怕，它们一声接着一声地叫。小七很羡慕它们，这么多的知了在一起，它们有什么好害怕的呢？

老爸一直说小七很胆小。一想到老爸，小七就想哭。老爸自从做了银行经理，就没有时间坐在那儿听外婆说"阿拉，阿拉"了。老爸来自农村，能在城市立足不容易，他得更加勤奋才行，所以每次到家之后，老爸都显得非常疲惫。

老爸和老妈喜欢一起逗小七。有一次外婆生气地说："阿拉在你们眼里，还不如一条狗啦，阿拉回去算了。"老妈就对外婆说："妈妈，你不要生气嘛。跟小七玩，我们是为了减压、放松，保证第二天能有更好的状态工作。"外婆撇撇嘴不再说话了。

这时候，小七感觉有些口渴。这样闷热的天气，它一直伸着小红舌头，中午喝的水早就耗尽了。它想去找些水喝，又怕外婆回来后找不到自己，就坚持着蹲在那。它把脖子尽量拉长，两耳立着，捕捉每一个细小的声响。就这样，小七一动不动地望着外婆消失的方向。每当眼前出现一个黑点，它就兴奋地迎上去，直到黑点逐渐变大，倏地一下从眼前驶过，然后它才一次又一次失望地蹲下。

在无数次站起又蹲下中，一切都安静了下来。夜深了，不再有人经过。小七向后退了几步，藏到灌木丛中。它得休息一会儿，这么长时间，一直提心吊胆，小七感到从未有过的疲倦。

小七睡得并不安生。树林里蚊子那么多，它们专叮小七的眼皮和鼻子。小七开始时还不停地用爪子去拍，后来慢慢地就睡着了……

老爸把小七放在盆里，水温刚刚好。老爸说："七仔啊，下去一趟就变成了小泥猴啦。外婆看到可要生气的哟。"老妈也凑过来，把金毛专用沐浴液挤在小七身上，小七就变成了一只泡沫犬。老妈的长指甲从小七的背上一趟又一趟地划过，"呜呜——"，舒服啊。

小七蹬了几下腿，又进入了梦里。

老妈拿着一根香肠在逗小七。"七仔，跳高高——对，再跳高一点。"小七没有泰迪犬能跳，它们这种金毛犬最擅长引路，所以又被称作导盲犬。小七跳起来的样子很笨拙，腰弓着，大尾巴能当扫把，呼哧呼哧地在地上扫，每一回都逗得老妈大笑不止。

外婆说："囡仔，你舅妈打电话，侬表妹要定亲，阿拉得回上海一趟，侬看看随多少礼金合适哟？侬老爸走了五年，阿拉又不在那里，不晓得这趟回家冷清不冷清哟。"

老妈只顾着和小七玩闹，对外婆说的话并没往心里去。这样次数多了，外婆就生了气。外婆就觉得老爸老妈把心思都放在了小七身上，而忽略了自己。

开始，外婆看小七呆萌呆萌的样子还是蛮喜欢的，她对着小七说上海话："侬是第七个生下的哟，所以叫小七啦。侬的毛好顺哟。"小七听到夸奖就伸出小舌头去舔她，可外婆却躲开了，说："不可以舔人的哟，侬身上有菌的。"老爸就说："各种疫苗都打了，除了虫又洗了澡，没事的，妈。"外婆就有些不高兴，说："玩儿一阵子可以的哟，囡囡怀孕后，要把狗送出去。它身上真有菌的，到底跟人不一样的哟。"

外婆说什么话都喜欢带个"哟"字，既像跟人商量，又有些不容争辩的味道。

一只大蚊子猛地一下刺在小七的鼻子上，小七觉得痒极了，又有一种很酸的感觉，顺着鼻梁往上爬。

小七睁开眼，再次向外婆消失的方向伸长脖子张望了好一会儿，然后又退回到灌木丛里。它团紧自己的身子，尽量用爪子掩着鼻子和眼睛，以免被更多的蚊虫叮咬。

忽然下起了雨，打在天竺葵和苍耳子的大叶子上，"啪啪"作响。那些小叶子灌木无法承受粗大的雨点，就落了下来，有的落到小七身上，不一会儿小七浑身的毛都湿透了。

三个月的时间，小七丢了四次。每一次，它自己都找回了家。小七还记得那次和外婆去公园跳舞，小七去追一只花蝴蝶，回来就不见了外婆。它内心十分慌张，在公园里东一头西一头地找，也没发现外婆。小七回到外婆跳舞的地方，发现人已经走光了。没有办法，小七只能凭着自己的记忆往回找。

　　它记得公园门口绿色的垃圾桶边，有它撒过的一泡尿。它跑过去，嗅一下，就闻到了属于自己的气息，小七有点兴奋。它停在那儿又闻了闻，一丝若有若无的气息，从不远处的女贞树下传过来，小七跑过去用力嗅了嗅，又找到了自己的味儿。此刻，小七的心中充满了希望。它凭借这些记号，找到了自己的家——芙蓉花园小区。

　　当它用爪子抓响防盗门的时候，门一下子就开了。老爸一把抱住它不停地叫："七仔，乖小子，你自己找回来了！你是多么了不起！小子，不愧是导盲犬！"老妈也跑过来搂着小七不停地亲吻，嘴里叫着："乖儿子，真棒！"爸爸不停地问："这七个多小时你跑到哪去了？你是怎么找回来的？知不知道老爸老妈找你都找疯了！"

　　小七只顾快乐了，它直起身子搂了搂老爸，又搂了搂老妈，接着跑到外婆身边快活地转了几个圈，随后"吧嗒吧嗒"吃起狗粮来。老爸说："七仔饿坏了。"

　　第二次、第三次、第四次，小七都记得，和外婆一起去菜市场被几只大狗围着，出来就找不到外婆了；外婆去做美容，小七跟着跟着就丢了……凭着自己留下的记号，凭着街旁边那棵大梧桐树，凭着拐角那尊铜像，小七每一次都找回了家。

　　"咕噜——"一声响，把小七吓醒了。它睁开眼，发现天已经大亮了。

　　这次是坐车来的，路上没留下记号，空气中的气味儿也不是自己熟悉的，再加上又睡了一大觉，怕是再也找不到回家的路了……小七想着想着就流下了眼泪。

马路上又开始有车辆驶过来，它再次蹲在原来的地方，伸长了脖子，目送一辆辆车由小到大直至消失。其中有几个人停下车子看着小七，说："一只流浪狗，怪可怜的。"但只是看一眼就走开了。

小七知道自己的眼皮发胀鼻子发痒，再加上一身湿漉漉的毛，肯定难看死了。小七心里越发难过，它原来可是一只漂亮的金毛小帅哥，老爸老妈口中的"靓仔"啊！

有人伸出手想把小七带走，小七本能地向前一步，用头去蹭来人的手，却又迅速地向后退去。它在等外婆，确切地说，等外婆把老爸老妈带来。

太阳升到了头顶，小七的影子变成一个圆点。它感到头有些眩晕，舌头干得厉害，虽然一直伸着，却没有一滴口水再滴下来。小七觉得喉咙里像有一团火在烧着，它得先找点水喝，否则等不到外婆自己就会死掉。

小七离开马路，往树林深处走去。这片树林好大，总也看不到尽头。一些带着针刺的植物，把小七的皮毛拉出一道道印子。鬼葛针、苍耳子死死缠在小七的腿和屁股上，每走一步就扎一下，让它十分难受。小七停下脚步四下望望，悲哀地发现，前后左右都是无边的树木。外边听上去树叶沙沙作响，里边却极其闷热。小七想，老爸此时在干什么？他和老妈出差回来了吗？他会不会给外婆打电话？外婆说，小七在家好好的，还是说小七自己又跑丢了？

“呜呜——”小七哭出了声，惊得一只灰色的鸟像箭一样笔直地飞远了。

哭了一会儿，小七心里好受了点。它决定顺着鸟飞的方向往外走。不知走了多长时间，眼前的树木逐渐稀少，露出大片天空，小七终于走了出来。

林外的野草异常茂盛，小七像羊一样嚼了几口，青草的汁液流进口腔，还没有进入喉咙就干了。它连续吃了几口，感觉有了点力气。再往前走了一段，小七看到一条小河，河水不深，比老爸小区附近的河水干净。小七趴在岸边疯狂地喝起来，它感觉自己能一口气把小河给喝干了。

肚里有了水虽然舒服多了，却感到更饿了。它躺在岸边休息了一会儿，想找点吃的。看来看去，除了水里游来游去的小鱼小虾外，别无他物。于是小七决定试试运气。

它和老爸出去遛弯的时候，曾看到过流浪猫蹲坐在水边抓鱼，老爸还夸奖那只小猫有智谋。小七趴在水边，臀部抬起，瞪大双眼看着水面。一条黑脊背的鱼在水底慢吞吞地游着，它长着两只圆眼，却也没有看到岸边有一双虎视眈眈的眼睛正盯着它。小七猛地一扑，除了溅一脸水，什么也没有捉到。它退回岸边，向旁边走了几步。两条噘嘴鲢子嘴一张一合地游了过来，小七又扑过去，它这次把爪子向前放了一点。哇！按住了一条！小七激动地死死地按着鲢子，然后小心翼翼地用嘴叼住它。鲢子用尾巴左右开弓，扇着小七的脸，小七只管用利齿死死咬住鱼身，不敢松口。

鲜鱼的腥味儿太大，远没有牛肉味的狗粮味道好，但小

七还是硬着头皮把鱼吃了下去。吃下三条小鱼后，小七感到浑身充满了力量。它嗅着留下的气味儿，又回到了原来的树丛，伸长脖子依旧看着外婆消失的地方；饿了，就再穿过树林去河边捉鱼。

日子一天天过去。小七没有时间的概念，只记得天黑了又亮、亮了又黑。其间下了两场大雨，小七嗅到自己身上原有的清香正在消失，田野的气息一天天增加。

遇见阿不

刚走出树林，小七就看到小河边有几个人。它正要退回去，听到有人在喊："嗨——小金毛，过来。"

小七忽然想到了老爸，它感到一种久违的亲切，再说，此时它需要帮助。这些天除去在路边捡拾一些垃圾，偶尔捉条小鱼外，它一直处于半饥饿状态。那些鱼很狡猾，不是每次都能抓到。

三个男孩子围拢过来。"看上去你的状态不妙啊，小金毛。你是男生还是女生？"一个皮肤黝黑、露着一嘴白牙的男孩子，用手摸着小七的头说。

"看起来是男孩子。"一个孩子笑嘻嘻地说。

"兄弟，你流浪了多久？你身上可真够脏的，我们去洗洗吧，免得带回去老爸骂我。"那个露着白牙的孩子又说。

小七听到"老爸"两个字，耳朵一立。对这两个字它很熟悉。爸爸都是自称老爸的，老妈也喜欢说"找你老爸去，找你老爸去"。这时，小七心里掠过一丝悲哀。

"阿不，你当真要把小金毛带回家？当心你爸把它当牛宰了。"另一个孩子说。

阿不只管使劲用手给小七洗澡，并不答话。

"好漂亮的金毛！"等小七身上完全干后，三个少年一齐夸赞。阿不拍拍电动车踏板，说："兄弟，上来。"小七犹豫了片刻就卧了上去，它准备先恢复体力再说。

三个少年骑三辆电动车，像大海里的鱼一般飞快地穿街过巷。借着风，小七的鼻子慢慢嗅到一种很重的血腥味儿，它不喜欢这个味道。在一处开着大门的院子前，阿不停了下来。

小七刚一下车，一群大狗就围了上来。三只母狗在小七屁股上闻了闻，转身走开了。它们大概对小孩子没有兴趣。两只公狗龇着牙，用后腿使劲儿向后蹬着地，其中一只身上的毛都稀疏了，它很用力蹬下去，地上却连个痕迹也没有，小七感到有点可笑。

小七知道这是它们的地盘，它们是在向自己示威呢。不过，小七可没有心情跟它们比武，它感到身上发冷。小七友好地摇摇它金色的大尾巴，随着阿不进了院子。

阿不用一只大碗接满了水，把几包颗粒状的东西倒在里边，用小棍儿搅了搅对小七说："兄弟，这是感冒冲剂，我发热都喝这个，很管用的。不过我也很少发热。喝下去你就会舒服了。"小七喝了，觉得味道怪怪的。

小七向院子看了看。院子很大，靠着西边的围墙是一个用透明的塑料板搭成的大棚。一张长方形的大案子上，堆着很多肉和骨头，几个人正忙着用刀切割着。暗红的血水顺着院子里的水沟流向门外，没有人注意到他们。

小七累坏了，喝过阿不沏的感冒冲剂，趴在椅子下睡着了。

老妈手里拿根烤肠，放在小七的鼻子边引逗它。等小七张开嘴去咬，她却又把烤肠举得高高的，嘴里说着："七仔，跳高高，跳高高。"小七努力地去跳，却总差那么一点。小七不由得叫出了声："哇呜——"

"饿了吧，饿了就起来吃啊。"小七睁开眼睛，原来是阿不用牛肉汤泡了一大碗馒头。小七从椅子下爬出来，它没有忘记把两只前爪放在地上，向阿不摇摇尾巴表示感谢；然后它大口吃起来，声音大到自己听到都觉得不好意思。

记得在家时每次吃食，外婆都嫌小七不斯文。后来老爸说男孩子就要有男孩子的样，所以小七吃起东西来就虎生生的了。

第二天一大早，阿不起来让小七出去方便。阿不的爸爸正用电动三轮往外送肉，看到小七时吃了一惊，问阿不："哪里来的狗？你不想着学习，就想着玩。"他似乎并不期待阿不回答，一加油门儿跑远了。

阿不从抽屉里拿了十块钱，骑着电动车去上学了——这是早餐钱。每天这个时间老爸和老妈都忙，他们要在头一天下午把牛杀好，牛骨头剔出来，牛下水（牛的内脏）放好，然后给几个固定的摊位送货，不能耽误人家明早卖肉。现在生意很难做，能有固定的买主不容易。余下的就得爸妈拿到菜市场去卖。一般说来，他们没有时间管阿不，除非没有牛源。这样的日子不经常有，偶尔有一次，老爸老妈又得好好休息，他们总是说："快累死了，快累死了。"

阿不在一所名叫夏侯小学的学校读书。这所学校坐落在夏侯巷内，已经有一百多年的历史了，清代书法家梁巘（yǎn）就出生在这里，距离阿不家有四公里的路程。学校规定不到十二岁不能单独骑车，但阿不的爸妈实在太忙，从四年级开始就让阿不一个人骑车去上学。阿不怕被老师批评，每次都把车停到学校南边的商场门口，再走着去学校，还好从没被老师发现过。

阿不回到家，第一件事就是把小七放出来，让它去方便。家门口是一片废墟，砖头、水泥、铁丝以及未被完全推倒的墙头到处都是。大片的绿植覆盖在上面，呈现出苍黄的颜色。似乎随时随处都可以方便。但小七还是找到一处较为隐蔽的地方，这是挨了老爸几次教训之后，小七记住的——不能把便便拉在路上。

整条街几乎都是宰牛的，废水从每一家门旁的水沟里流出来，在西边汇合，流进废墟后边的水坑里，上面漾一层发白又发绿的泡沫，落日的余晖投到上面，呈现出五彩的光环。

这个水坑原名叫鳖疙瘩坑。相传这里原来水清坑深，有很多甲鱼，它们会把蛋下到岸上柔软的沙窝里；太阳一出来，很多甲鱼就到岸上晒盖。当地的人们把甲鱼叫作老鳖，所以就给水坑起名为鳖疙瘩坑，形容坑里的老鳖很多。

现在这一块儿正在拆迁，阿不家前面所有的房子都被拆光了。小七注意到，有一株几乎干枯的大树上，挂了许多红布条子，立在废墟之中，看上去有些孤独和凄凉。小七对着树根撒了泡尿。

阿不说："兄弟，看着树上挂这么多红布条儿，知道咋回事不？"小七把头左歪一下、右歪一下，表示它听得很认真。

"都是那个聋老太婆弄的。她没有孩子，这棵大树就是她的命。拆迁队让她把这棵大树挖走。这么大的一棵树，移栽得花三千多块钱呢，老太婆没有钱，又没有力气，怎么挖？有人就给她出了个主意，把红布条子系在树上，就没有人敢再动这棵树了。老太婆真请人买了红布裁成条子系在了上面。兄弟，你看，有人把树皮揭了一圈，大树活不了啦。"

阿不说这些话的时候，拍着树干，望着那些半枯的树枝，眼里充满了忧郁。"知道吗？在我很小的时候，这棵大皂荚树就这么粗了，听人说它已经一百多岁了。每年夏天它能开一树黄绿色的花，香气能飘好远。这条街我只喜欢这里。算了，跟你说这些你也不懂。"小七汪汪叫了两声，算是接了阿不的话茬。

"兄弟，你怎么样？好些没有？你得自己恢复，老爸不会让我把一只病狗留在家里的。男子汉不能依靠别人。"小七呜噜了一声，似懂非懂。

凭借一些熟悉的词汇，再加上观察主人的表情，狗很多时候能理解主人的意思。四个月大的金毛，智商差不多能达到三四岁孩子的水平。对于阿不的话，小七也明白了几分。

　　每天下午阿不放学回家后，他们会在一起，度过一段最快活的时光。阿不把一只小球不厌其烦地抛出去，一趟趟让小七去捡。在来回地奔跑中，小七的四肢逐渐长了肌肉，变得结实而有力。同时，不管阿不投喂它什么，小七都会吃得津津有味，包括一些生的牛骨头。阿不总是说："兄弟，你在肚子很饿的时候，可不能有太多讲究。你得生存下去。"

　　在啃骨头的过程中，小七的牙齿也得到了锻炼。它现在看起来虽然依旧青涩，但比之前胆小懦弱的那个小金毛已经好多了。阿不的爸爸对小七一直不理不睬，总是对阿不说："放学回家就知道玩狗，小心我把它扔了。"然而，后来一件事儿，改变了他对小七的看法。

　　那天下午，阿不和街上的三四个孩子在废墟边玩耍。其中一个孩子说小七吃肥了，能杀了吃肉。阿不就恼火了，和他打了起来。那个孩子比阿不高半头，阿不打不过他。他抱住阿不用力一摔，阿不倒在地上，头磕到砖头角上流了血。小七先是伏下身子在外围不知所措地狂叫，看到阿不倒地后，不顾一切地扑上去，照着那孩子的屁股咬了一口。

　　结果，那个孩子的家长不愿意，拉着她的儿子找到阿不家，让阿不的爸爸出钱给她儿子打狂犬疫苗，还说要住院治疗，说是怕得疯狗病。虽然花了几百块钱，给那个孩子打了针，但小七能够看出阿不的爸爸挺受用的。

那天晚上忙完了所有的活儿，阿不的爸爸煮了一大块牛肉，然后让他妈妈炒了几个菜，高兴地喝起了酒，还扔了几块牛肉给小七，夸奖它是好样的。他把一块肉扔到黑乎乎的水泥地上，用筷子指着小七叫："金毛，过来吃牛肉。你做得好，你就得对你的主人忠诚。"

小七没有因为得到夸奖而表现出兴奋。它是一只温顺的狗，开口咬人不是它喜欢做的事儿。它把肉轻轻地衔起来，放到小碗儿里才开始吃起来。

夜深了，阿不进入了梦乡。小七想着心事，虽然它很喜欢阿不，但它一点也不喜欢目前的环境。每天听到牛的惨叫声，对它来说是一种煎熬。小七又想起了老爸。不知道老爸他们怎么样，还能不能想起自己。想到这里，小七心里有点发酸，它有一种立刻逃离的冲动。小七把两只后腿立起来，看看熟睡中的阿不，想到他们在一起的快乐时光，又慢慢趴在了地上。

时间一天天过去了。狗对外界气温的变化不太敏感，看到阿不上学的时候不再穿夏季的校服，而是穿上了长的裤褂，小七才意识到现在多半是秋天了。

这天是周日。阿不照例带着小七在门前废墟边玩耍。一辆装牛的大三轮车停在了门口，一个身穿深蓝色大褂的人打开了车后的挡板，从车上拖下一块长方形的木板，一头靠着车尾，一头靠着地。他顺势把一头捆着四条腿的牛拽了下来。

这是一头漂亮的小公牛，头顶的角刚刚突起。小牛可能是经过长途运输，口渴得厉害，努力伸出舌头去舔它旁边的一汪水。那个穿深蓝色长褂、后背上印着广告语的人，用脚踢了小牛一下，笑着说："不用喝了，一会儿就不渴了。"然后在手机上接收了阿不爸爸发过来的钱，一拧钥匙把车开走了。

"老爸，这还是只小牛，干吗要杀了它？"阿不对这个和自己年龄相仿的异类感到很心疼。

"大牛、小牛一样挣钱。"爸爸回了一句。小七也站在小牛的面前。小牛因捆着四肢无法站立，它的一双褐色的大眼睛忽闪忽闪地看着他们，长长的睫毛像一排浓密的小扇子。

人常说，人有人言，兽有兽语。小七很快就明白了小牛的处境，它感到悲哀与无奈。一会儿，阿不的爸爸和另外两个男人走了过来，他们手里拿着铁锤和凿子，还有一把长长的钢刀。小七浑身颤抖，阿不紧紧地搂住了它。阿不的爸爸抡起铁锤对着小公牛砸去。"哞——"小公牛从骨髓深处发出一声悲鸣，那是一种少年的声音，带着一种青涩和剧烈的疼痛。那声音撞击着小七的耳鼓，它"呜——"的一声，仰面朝天，发出凄厉的嚎叫。

小七再也无法忍受，它挣脱阿不，拼命跑了出去……

小七感觉自己从来没有像今天这样畅快淋漓地奔跑过。风在耳边呼呼作响，阿不焦急的呼唤声由强变弱，直至完全消失。它不想停下脚步，只想尽快逃离那个罪恶的、让它心悸的地方。

不知道过了多久，小七停下了脚步。一般说来，狗最深刻的记忆都装在鼻子里，但对于急于逃脱的小七来说，这一会儿，它的鼻子倒没发挥最大的作用。

小七找到一处稍微僻静的地方趴下来，四下打量着周围的一切。小七感到这里既不同于老爸居住的小区，也不同于阿不家等待拆迁的郊区。这片建筑古朴陈旧，灰墙黛瓦，青石铺地。

一家铜匠铺子里，一个老头戴着一副老花镜，眼镜的一个爪儿掉了，便用棉线系在后脑勺上。此刻，老头儿正用小锤轻轻敲击着一只小铜碗，发出单调而悦耳的声音。临街坐着三三两两的老人，他们正对着街上的行人发着呆儿。

那些风风火火的公交车、小汽车，似乎都在急转弯儿中被抛在了外面，只剩下宁静和安详。小七放心地闭上眼睛，它需要好好地歇一歇。

小七是被一阵香气叫醒的。它睁开眼看了看，太阳已经在街的最西边落了下去，这一条街道都沉浸在玫瑰色的红光里。街南一株玉兰树，厚厚的叶子闪着点点的亮光。

小七感到肚子饿得难受，想想从阿不家跑出来到现在，差不多一天了。它沿着街道找垃圾桶，路边有半截香肠，小七刚想去吃，想起老爸说的话："七仔啊，路上扔的东西不管多好，不管你多么想吃，都不能吃哟，吃了有可能会丧命的。"它便停住了脚步。

这条街很干净，临街立着的垃圾桶周围都没有随地乱扔的垃圾，小七站起来也够不到。如果有流浪猫的话，就可能会扒掉一些。小七咽了咽唾沫，继续往前走。

这时一辆三轮车突然停到小七面前，小七一愣。车上下来一个又瘦又高的中年人，把小七抱起来，塞到了小车里。这一切说起来很慢，实际很快。不大的车厢里除了小七，还有两只金毛，看起来它们比小七大得多。小七和它们对视了一下，它们的目光中都流露出一种茫然和疑惑。还好有几只同类做伴，它们都没有表示太大的抗议，任车子一路飞驰，向前驶去。

当三轮车终于停下来的时候，小七闻到了一种血腥的气息，它立刻紧张起来。

"今天咋回事，黄三？这么小的家伙都弄来了。"一个束着长围裙的"刀疤脸"，正在往门前一口大铁锅里续骨头。

"别提了，现在流浪的土狗贼精，宠物狗身边又都跟着主人，只有傻金毛好捉些；动作还得快，被人逮住不得了。啥生意都不好做啊。"这个黄三一边把小七它们从车里抱出来，塞到门口一只大铁笼子里，一边自我解嘲。

"你这还叫'不好做'？一天抓三只金毛，一分本钱不花。""刀疤脸"吐掉嘴里的烟屁股，笑道。

小七的眼前立刻出现了阿不的爸爸用铁锤砸小牛的场面。它褐色的眼睛发出令人心碎的光，趴在铁笼里浑身颤抖。

这时候，门前的铁锅下，大火已经熊熊燃起。"刀疤脸"弯下腰伸手拽出一只金毛，熟练地捆住四肢，用一根铁棍砸向金毛的身体。金毛发出阵阵凄惨的哀号。

黄三还没有走。他嘴里叼着烟，看着"刀疤脸"累得一头的汗水，打趣地说："一天卖三只狗，我弄二三百块，你却落一千多，你还没有什么风险。不公平啊。"

"刀疤脸"没有接黄三的话。

小七趴在铁笼里，它被眼前的恐怖场面吓傻了。另一只金毛两眼通红，发出一阵阵绝望的惨叫。亲眼看到同伴被残忍地杀害，深深摧毁了它们的意志，此刻它们俩已经处于崩溃的状态。

"毛头啊，我的孩子——"突然，一名中年妇女哭喊着，踉踉跄跄地奔过来，一把抢下已被杀害的金毛，泪水汹涌而下。

"偷狗贼，杀狗贼，你们这些丧尽天良的畜生，怎么下得去手啊？我的毛头儿是那么乖巧懂事，它的眼睛会说话啊。你们这些禽兽，怎么下得了手哇！"

原来，对于这个偷狗贼黄三，大家一直都在留意，苦于没有直接的证据。今天有人一路跟踪掌握了铁的事实，就报了警。很多丢了金毛的人，都到这家"老丁鲜活狗肉馆"来寻找自己丢失的金毛。刚刚闻讯赶来的中年妇女，一眼就认出了她家的毛头——她的女儿给金毛染的粉红色的尾巴尖。血腥的一幕让这位阿姨当场就昏了过去。

作为赃物和证据，小七和另一只金毛连同偷狗贼和"刀疤脸"，一起被带到派出所。得到消息的人们跟着拥了进来。若不是警察拦着，偷狗贼和"刀疤脸"能被这些丢狗的人活活打死。小七和那只金毛呆呆地看着那些激愤的人们，没有任何反应。

这时候，一个三十多岁的胖男人把另一只金毛带走了。他嘴里叫着："咖啡，咖啡，别怕，我们回家了。"那个咖啡像只呆鹅一样站着，睁着两只血红的眼睛，一动不动——它被吓傻了。

等派出所安静下来的时候，一名年轻的警察在小七的笼子里放了一碗水和一个馒头，小七一口也没有动。这一天所经历的事儿，把这个只有四个月大的狗吓坏了。

现在，对于这些家养的动物还没有《保护法》。一只被主人抛弃，或者因为其他原因流浪的狗或者猫，似乎任何人都可以对它们实施伤害，只要他们愿意。

无人认领的小七作为流浪狗，要和其他狗一起被送到流浪狗救助中心。随着颠簸，在车子驶出市区不久，铁笼子的门开了，小七掉了下去。

夜间露水很重，几乎浸湿了小七的皮毛，也让小七充血的眼睛和恐惧的大脑渐渐冷静了下来。随着眼中血丝褪去，这两天发生的事儿，一幕一幕浮现在小七眼前。小七感觉自己一下子从四个月大长到了成年。那个单纯快乐、胆小怕事的生长期，像跳跳板一样倏地一下就过去了。

这时候，小七有一种强烈饥饿感。它在路基下面的水沟里喝了几口水，让几乎干裂的内脏得到一点滋润。田野一片寂静，有秋虫在"嚁儿——嚁儿——"地鸣叫。小七从水沟里爬上来，眼前是一片略显发黄的豆地，面积不算太大，不远处有高墙把一块块土地围了起来。更远处还有荒着的土地，野草和缠绕的绿植看上去极为密集。

小七开始捕捉蟋蟀和蚂蚱。与这些善于跳跃的昆虫相比，小七的动作显得笨拙可笑，在它两只前爪落地的瞬间，那些小东西已经蹦到三尺开外了。小七不灰心，不停地在失望和希望之间起跳，终于按住一只肥大的蟋蟀。等到挪开一只爪子，它才发现因为用力过猛，大蟋蟀受伤了，不过小七依然很珍惜地吃着。用了半天时间，小七捉到十几只蟋蟀和蚂蚱。

东边，太阳刚刚露出半张脸，红艳艳的，温柔得像隔壁人家的小姑娘。豆叶上，一层细小的水珠慢慢汇集到一处，从叶尖儿上恋恋不舍地落下去。结了籽儿的毛毛草，好像穿了一件白色纱衣，显得很有仙气。

小七抖了几下身子，微湿的毛发在清晨的风中慢慢张开。它把两只前爪并齐，拉长身子，然后对着天空长叫了一声，用鼻子嗅着风中的气味儿，开始往回走。

对一只狗而言，一旦离开了主人，就算天地再大，它心中都会有一种不安全的感觉，它会感到无比的孤独。

空气中渐渐有了热闹的气息。小七感到繁华而又浮躁的气息逐渐进入大脑，它知道它又回到了城市。它不喜欢这种气息，但老爸居住在里边，没办法。

当太阳又蹲到西边高楼上的时候，小七来到了一条河边。这座城市有丰富的水系，大大小小的河流加起来有二十多条。名字也很有意思：涡河、漳河、包河、惠济河、油河、武家河，等等。居住在这座城市里的人把涡河称作母亲河，据说曹操和华佗都诞生在涡水之滨。

小城正在创建"文明卫生城市"，对每条河的两岸都进行了改造和绿化，这条涡河更是如此。一些外来的树木给小城带来了别样的风景，其中女贞子、栾树和榉树居多。

小七不大喜欢女贞子，倒不是小七自己不喜欢，而是因为老爸曾说过，到了冬季，女贞子树上结的黑豆豆就不停地往下掉，路面一片黑，看上去脏兮兮的。不知道为什么要把这种树种到城市里。

不过河边还是柳树居多，长长的柳枝随风摇曳，配上波光粼粼的河面，感觉很美好。但老爸说，这些柳树也不是原来的柳树了，它们都是嫁接而成的，总是一副营养不良的样子，没有农村老家的有精神。老爸说，柳树生命力极强，随手一插就能活，不知道他们为什么还要进行嫁接。

三三两两的人沿着岸边景观路散步。小七知道居住在小城里的人有早晚锻炼的习惯，以前老爸每天上班之前、下班以后都会带着小七散步，那是一段快乐的时光。

在高高低低的河岗上，老爸带着小七在草地上像一条蛇拐着"S"弯，蹿上又蹿下。小七前后腿拉平了，像是金色的闪电。每次老爸都会随手捡起一根小小的木棍，用投掷标枪的姿势把小木棍投出好远，然后快活地大叫："七仔，小伙子，冲啊——"小七就箭似的冲出去，衔起木棍儿往回跑。老爸再投，小七再捡，直至累得伸长舌头趴在地上。

那时候，快乐就会随着身上每一根毛发向外飞扬。有时候老爸忘了这茬，小七就会叼起一根木棍，后腿站立扒老爸的手，老爸一看就明白。接着，快活的游戏就开始了。

在行人较多的时候，小七就得规规矩矩地走路。老爸教育小七不能惊吓到路人，看到人要避开，也不能捡食路上的食物。有一次，有个小孩扔的半截香肠被小七吃了，老爸斥责了它。老爸说路边的东西不能吃，可能会被毒死。小七不知道被毒死是什么意思，但既然老爸不让吃，那肯定还是不吃的好。想到这里，小七的心里越发难过，它停下来认真看着每一个经过的人，希望看到一张熟悉的面孔。

一座古老建筑后边的空地上，十几个穿着同样衣服的人在练五禽戏。小七知道这座古城里的人们喜欢随着轻柔舒缓的音乐，打打太极拳，练练五禽戏。

原来老爸居住的小区附近也有练五禽戏的。每次经过那里，老爸都会停下来欣赏一会儿，有时候也会跟着练几招。老爸说这是老祖宗华佗编创的，对强身健体特别好。不过老爸好像一直都没时间练习一套完整的，每天遛过小七后就得匆匆忙忙地上班了。想到这里，小七又看了看那些锻炼的人，它分辨不出他们是谁，但凭借着鼻子嗅到的气息，小七知道他们和老爸看到的，应该不是同一拨人。

小七看了一会儿，然后趴在地上想一会儿，又继续往前走。太阳快要掉到河里了，西边的河水被染成玫红色。小七隐隐听到一两声喑哑的猫叫。竖起耳朵再听，又没有声响了。小七又继续往前走，猫的叫声再次出现。声音似乎是从遥远的地下传来，听上去非常孱弱。

小七停下来，静心听了一会儿，感觉声音是从下水道传出来的。循着声音过去，小七发现有一段下水道上面的石板断了一个角，声音就是从那里传出来的。小七趴下来嗅嗅，立刻察觉到有只小猫在里面。它冲着缺口儿叫了几声，表示它已经看到了。小七嘴里发出低低的呜噜声，不停地用两只前爪交替地抓着石板。石板当然纹丝不动，只是在上面留下几道痕迹。小七着急地冲着下水道狂叫起来。

不一会儿，几个行人围了过来，他们也发现了下水道里的小猫。但缺口太小，无法下手。有两个好心人尝试着用手掀起石板，但是石板与周围结合得非常牢固，无法撼动。他们一个个很遗憾地离开了。

小七扬着头呜呜地叫着。即使不懂动物语言的人也能明白，这是极度着急的声音。人们都说这是一条仁义的小狗，但他们都表示爱莫能助。小七听懂了，它又冲着缺口叫了一阵子，抓了一阵子石板，然后趴在地上，嘴巴放在两只前爪上，对着缺口安静下来，它在思考。接着小七把一只前爪放了进去，嘴里呜呜地叫着。停一会儿，它把爪子缩了回来，然后再放进去，像是在打捞什么东西，一次又一次。

时间一分一秒过去了。太阳完全掉入了河里，只剩下些残晖留在天上。夜的影子上来了，景观路上散步的人越来越少，四周安静了下来。

小猫的叫声虽然微弱，却显得异常清晰。小七冲着缺口又叫了一阵子，然后又把一只前爪伸了进去。这时，小七感到有一双小爪子紧紧地抓住了它的前爪，小七心里一阵惊喜，尽管尖利的小爪子抓疼了它，但小七心里还是十分地开心。

它小心翼翼地把前爪缩了回来，眼看一对耳朵慢慢露了出来，小七心里非常激动。但缺口太小，小猫碰到石板又掉了下去。

小七呜呜噜噜地对着天又扬起脖子叫了起来，两条后腿嚓嚓嚓地蹬着地，扬起一片泥土。等小七再次从洞里缩回前爪的时候，一只小花猫像猴似的搂着小七的腿被带了出来。小花猫得救了！

这是一只圆脸的小花猫，看上去只有一两个月大，背上有黑的黄的花纹。小七用舌头舔舔小猫，小猫像是见到了猫妈妈，喵呜喵呜叫个不停。小七用鼻头拱拱它继续往前走。小猫一瘸一拐地在后面跟着，看样子它在下水道里受伤了。

小七走几步停下来等等。这时候，路灯亮了起来，有几个散步的人看到它们俩，惊奇地叫道："看看，一只小金毛领着一只花背猫咪，真有意思哟。"

奔向远方

夜已经很深了，一切都安静了下来，但是并不黑暗。沿河路景观带的霓虹灯依然闪烁，横跨桥身的流水灯按"赤橙黄绿"的顺序向前滚动着。

花背在小七的怀里睡得很不安稳。按说依偎在小七怀里，就像在妈妈怀里一样温暖，花背应该能睡个好觉。迷迷糊糊中，小七感到有什么东西在吮吸自己的乳头，一口一口吸得很紧，带着一种微痒的刺痛。

小七睁开眼一看，是花背。花背正撅着屁股，用两只前爪按着它的肚皮吮吸着。小七万分惊讶，它连忙坐了起来。花背并没有松口，依然衔着小七的乳头吊在那里。小七判断花背肯定是饿坏了，一种保护弱小的责任感在心中油然升起。

它竖起耳朵听了听，大片石楠树里有窸窸窣窣的声音，应该是流浪猫。沿河路一带流浪猫多的是，花背应该是外出找食吃，不慎掉入下水道的。

嗅到小七的气息，一只大黑猫弓着身子，脊背上的毛高高耸起，发出一连串示威的低吼。小七趴在地上，嘴里发出轻柔的声音，它在传达着"我没有恶意"的信息。花背不失时机地爬过去喵呜喵呜地叫着。对于花背，黑猫似乎并无同情，可能是从气味上判断花背与自己无关，此刻它的身边正卧着三只小猫。

花背对奶水的渴求已经到了一种发疯的地步。它只管蹒跚着挤过去，嘬着奶头就吸，对于黑猫发出的警告充耳不闻。小七趴在地上，愉快地摇起了尾巴。从流浪到现在，这一刻才终于让小七感到了一种久违的亲切，尽管黑猫十分不情愿。过了一会儿，小七悄悄地离开了，它认为花背跟着黑猫会活下来。对于一只流浪猫来说，没有什么比这更重要的了。

刚走了一段路，小七听到几声轻细的叫声："喵呜，喵呜——"小七回头一看，一只小小的影子一瘸一拐地追了上来。小七立刻伏下身子，把嘴巴放在两只并得很齐的前爪上。这是狗迎接自己喜欢的人或者动物的一种表达方式。就在花背来到眼前的那一刹那，小七身子一撤，跳了起来，围着花背跳起又落下，大尾巴呼呼地摇着，表达着自己满心的欢喜。

带着花背一起走，小七不再感到孤单，但同时也多了一份沉甸甸的责任。小七跟着自己的嗅觉从河堤景观带拐入一条街道。

这是一条古老的街道。两边低矮的瓦房上长满了肥嘟嘟的瓦松。临街全是木门，每家的木门都打开一两扇。未开的门板上挂着竹制的门帘、成串的筷子、痒痒挠，还有竹制的骨牌什么的。地上堆放着编好的竹篓、竹筐、斗笠等竹器。街道很窄，两边堆放的竹器几乎接了头，中间只剩下很细的小路。

几个老人坐在竹椅上端着紫砂壶，悠闲地喝着茶。其中一个老人的另一只手呼啦啦地转着核桃玩。小七知道这是老年人防痴呆的一项活动，可以按摩手心，锻炼关节灵活性。有的人家，门口还挂着四四方方的竹笼子，大肚子蝈蝈"曜儿——曜儿——"叫得正欢。

小七观察着每一位老人，最后，在一个确信能给小动物帮助的老奶奶面前停下来。它歪着头用褐色的眼睛看着老人，等她读懂自己眼中的内容。

老奶奶停下手中的活儿，看着小七说："一只可爱的小金毛，哦，还有一只瘸腿的花背小猫。真是让人温暖，你们应该是饿了吧？"听到老人的话，小七摇了摇尾巴，把一只前爪放在老人的膝盖上。

老人温和地拍了拍小七的头，给它们端了一碗清水和一碗用菜汤泡的馒头。小七没有忘记给老人一个感谢。这时候，花背已经迫不及待地喝起水来，它的舌头是那样小巧，尽管一直不抬头地舔着水，但仍然用了很长时间才喝好。

小七一直耐心地等待着，当花背终于抬起头来，走向那碗饭的时候，小七几口就把剩下的水吞进肚子里，它喝得那么夸张，整个身子向上一抖一抖的。然后小七又把剩下的饭吃完，一小块儿馒头掉到了碗外边，小七小心地吃了，还把碗舔了一遍。

老人看出了门道，又端出一碗水和一碗泡馍，小七又把它们通通装进了肚子里，然后用爪子挠挠老人的膝盖。

老人慈爱地抚摸着小七的头，不住地称赞："真是懂事的好孩子，你们从哪里来，又要到哪里去呢？我也没有办法收养你们。"老人又看了看花背的前爪，给它清洗之后涂了些药水。然后她把花背抱在怀里说："小姑娘，你的腿没有大碍了。"花背高兴地喵呜一声，跳下来站到小七身边。

小七带着花背离开了。它们俩此时肚子里一个像装了只足球，一个像装了个苹果，走起路来笨重了许多。

太阳已经偏西。这是一条南北老街，阴凉已经落到了路东边的竹器上。小七找个角落歇了下来，花背卧在它的怀里。睡梦中，老爸又领着它在草地上奔跑，小七口中发出快活的呓语，四肢不停地乱动。一位养狗的人看到了说："这只小狗正在做梦。"

　　顺着这条街一直走下去，是一个十字路口。小七带着花背跟着行人过了红绿灯，前面是条繁华的商业大街，街边店面林立：专卖店、美容美发厅、牙科诊所、购物中心、童装店……还有卖臭豆腐的、卖烤红薯的、卖各种水果的，在路上穿梭。

　　一条街像是刚掀开盖的铁锅，升腾着乱哄哄的热气。小七带着花背尽量靠马路边儿走；花背太小，稍不留意就会被人踩到，它得打起十二分的精神。

　　这两天很不幸，小七尽量寻找能够给自己帮助的人，但人们好像都很忙，没有人停下来读小七眼中的内容。它们只好在垃圾桶边捡些东西充饥。终于走完这条街，眼前是一座巨大的公园。它们卧在一棵海棠树下休息，小七感到十分疲惫，一会儿就睡了过去。

　　不知道过了多久，天上下起了雨。粗大的雨点打在小七的头上、脸上、身上，小七醒了，低头看花背在自己怀里睡得正香，没敢动。花背时不时还会吸它的乳头，尽管从来没吸出过奶水，它每次还是抱着很大的希望去吸，不过，让小七害怕的是，花背一直吮吸同一只乳头，每吸一下，小七就感到一种火烧火燎的疼。它知道花背这几天也饿坏了，它们一直没有找到多少可以吃的东西。

　　天亮了，雨没有停下的意思。小七全身湿透了，肚子又开始新一轮抗议。花背也醒了，张开粉红的小嘴，对着小七喵呜喵呜地叫个不停，这是告诉小七它很饿。

小七站起来抖抖身上的雨水，准备给花背找吃的。这时候，一只被雨水打湿翅膀的小麻雀落到小七面前，"啾儿——啾儿——"，它拍打着翅膀，发出惊恐的尖叫。花背一下子来了精神，准备一跃而上。小七发出一声阻止的低吼，花背及时刹住了起跳的动作。

雨越下越大，几乎是不停地往下倾泻。雨水正顺着眼前这只小麻雀的翎羽向下滴。它叫几声就展翅再飞一飞，试图重新飞到树上。显然，这一切努力都是徒劳的。尽管频繁地拍打它的翅膀，但它依然只能飞离地面一点点。小麻雀一次又一次起飞，却一次又一次失败。小七和花背静静地看着，不再有任何动作。这只小鸟不屈的精神给小七增添了信心。

终于，在树叶几乎落尽的时候，小七带着花背走到了一片熟悉的地方——它日思夜想的芙蓉花园小区。小七丢下花背一口气冲到曾经无数次撒欢的草地上，发疯地旋转着、奔跑着，一圈又一圈。然后躺在草地上打滚，用自己的脊背不停地在草地上蹭痒，嘴里发出兴奋而幸福的呜噜声。这一刻，它完全释放了自己。花背也跟着开心地喵喵直叫。

疯了好一会儿，小七像是得到什么指令，嗖的一下向前跑去，花背在后边撒开四条小腿追赶——它的腿已经完全康复了。

小七一口气跑到老爸居住的那栋楼，却发现没有办法进入电梯，以前都是老爸刷卡电梯门才打开的。它又跑出来准备从楼梯跑上去。这时，电梯的门开了，老爸老妈还有外婆，一前一后走了出来。当日思夜想的人出现在眼前，小七反而发起愣来，它有一种不真实的、眩晕的感觉。小七流着眼泪，嘴里不由自主地发出了幸福的呜噜声。

"好像是小七的声音。"老爸说。

"阿拉看侬是神经啦，小七都丢了几个月啦，哪里还会回来。侬现在不能再想那只狗啦，侬得好好照顾囡囡哟。"外婆紧跟着说了一句。老爸向前后左右看了看，迟疑着迈开步子。

小七看到了老妈，她正用两只手捧着大肚子——妈妈怀孕了。

小七想到外婆以前常说的那句话："囡囡怀孕后就不能再养狗啦，有细菌的啦。这事侬一定要听阿拉的。"小七把迈出去的腿又收了回来，尽量往楼梯后躲了躲。它流着泪看着老爸他们的背影慢慢消失在小区的尽头。它不能再给老爸添麻烦了。

出了小区的大门，小七抬头望了望高远而开阔的天空，发出一声长长的呼啸，同时，它的心中又有一种卸下千斤重担后的轻松。它感到非常的满足。看到老爸的生活正走向美好，它一直提着的心放了下来，那种没有归属的感觉也消失了。

这两个多月的流浪生活，带给小七的不仅仅是饥饿和苦难，更有许多无法言说的东西。独立的阿不、安详的老街、清新的旷野、可爱的花背、慈祥的老人，这一切，让小七领略了老爸之外的别样风景，小七感觉自己长大了，应该有新的生活。

小七满含深情地看了看老爸远去的方向，甩了一下头，迈开步子，告别它无比眷恋和热爱的芙蓉花园小区，带着花背向前走去……

跳树能手

〔法国〕黎达

松鼠们都喜欢在树上待着，很少下到地面活动。在森林中的松鼠家里，快快和橙橙算是最漂亮、最活泼、最伶俐的一对儿。森林里的动物们，不论是高大的公鹿还是渺小的蚂蚁，都认识它们俩，都喜欢它们俩。

它们俩在树枝上，从早蹦到晚，不是互相扔松子，就是玩捉迷藏，追来追去，跟小孩子一样。它们俩的小眼睛骨碌碌地转动着，闪闪发光，亮晶晶的，好似黑珍珠一般。

有一天，它们俩玩了一阵子，橙橙对快快说："我们玩得真是痛快啊，不过现在该来谈谈正经事了，亲爱的。现在该为孩子们准备新巢了，我感到过不了多久它们就要出生了，我们的老巢太小，装不下这么多孩子。希望我们的孩子有世界上最好的巢，但好巢是不会从天上掉下来的！我们该动手了，我要跑遍整个森林，找个做巢的好地方，如果找不到合适的地点，我宁可被黄鼠狼咬死！跟我来吧，快点快点，我们动身吧！"

其实快快宁愿跟橙橙继续玩耍，它一点都不想做巢。可是橙橙的神情那么坚决和严肃，让它不敢拒绝。于是松鼠夫妇就行动起来了。它们俩从这根树枝跳到那根树枝，跑了半个森林，却没有找到适合做巢的地点。这一棵树不够高，那一棵树枝条又太稀。后来，它们俩好不容易决定在一棵树上做巢的时候，一阵风刮来，带来了一股黄鼠狼的令人生厌的臭气。不需要再嗅第二次，它们俩一下子就断定它们死对头的地洞正好在这棵树下。啪嗒！啪嗒！啪嗒！纵身跳了三跳，它们俩飞快地跑远了。

它们俩继续找寻。忽然，橙橙欢叫了一声，原来它在一棵老枞树顶上发现了一个荒弃的大巢。它筑在很高的地方，正好紧贴树干，隐藏在树叶里。曾经有几只乌鸦在这个巢里住了很久，可是有一天，它们挥动着墨黑的大翅膀，飞出去后就再也没回来。

快快和橙橙立马行动起来，打扫了场地，把巢改建成圆形，找来最细软的苔藓铺在新巢里，想尽办法替孩子营造出一个既舒适又温暖的住所。

几天后，小宝宝们就出世了。很快，巢里探出了四个金黄色的小脑袋，那就是翎翎、风风、淘淘和烨烨。嘿！都是漂亮宝宝啊！谁见了都会喜欢上它们。妈妈橙橙快乐地跳着，爸爸快快尖叫了好多次。松鼠们只有在最快乐的时候才会这样。

太阳快落山了。想到小宝宝们该饿了，橙橙妈妈就急急忙忙地回到它们的身边。它给每个宝宝喂了奶，温柔地抚摸着它们，接着在它们旁边蜷成一团睡着了。这个时候，松鼠一家都休息了。

转眼间，翎翎、风风、淘淘和烨烨都长大了。它们有一身美丽灿烂的黄色皮毛。淘淘的毛生得最美，因为它不停地用脚爪和舌头梳理着身上的毛，把它整理得十分光滑；还有它的尾巴，中间鼓鼓的，像个气球，而且淘淘还在不断地让它更蓬松呢。妈妈不用像对翎翎那样不停地告诉淘淘："把你的尾巴弄得蓬松点！"翎翎是最顽皮的！它整天嬉戏，吵吵闹闹，一点都不关心它的尾巴是怎样脏兮兮沾满了松脂。风风和烨烨（烨烨是个女孩）都很注意保持自己尾巴的整洁，只有翎翎这个小鬼一点不在乎这个。

松鼠的尾巴是这个世界上最神奇的东西之一！它的作用有点像降落伞。有了它，松鼠们就能够在好像天一样高的树上跳来跳去，即使跌下来也没事。

待在舒适而安全的巢里，它们能望到一条小河，它们白天听着喜鹊和杜鹃歌唱，傍晚看着鹿群在河边喝水。

大树是这些小松鼠的居所，也是它们的乐园。在它们眼里，整个世界像太阳光那般灿烂，周围的朋友也都那般可爱。

可是，那一天惊心动魄的遭遇却让它们明白了，它们还有冤家对头呢。那天，它们正玩得起劲儿，突然听见了一阵叫声："杜克！杜克！杜克！"这种叫声是那么可怕，以致它们怀疑这到底是不是爸爸的声音。

可是，没等多想，它们就看见爸爸正沿着不远处的一棵高大的白桦树往上爬。孩子们从来没有见它爬树这样轻快过。它身后紧跟着一只动物，生着四只黑脚和细长的头颈。那家伙追着爸爸，爬得几乎像爸爸一样快。小松鼠们吓得气都透不过来。

好在松鼠爸爸逃上了白桦树顶，然后就势一跃，落到了

地面上，立刻就脱险了。（翎翎从此懂得了保持尾巴整洁的好处。）追赶爸爸的那只动物怒吼了一声，转身下树。这时风风和淘淘才看清楚，它的肚皮是白色的。

"那是黄鼠狼！"橙橙妈妈吃惊地说，"你们好好躲在树上，别被它看见。"说罢，妈妈自己也躺在了树干上，一动不动。

那只黄鼠狼以快得吓人的速度爬下了那棵大白桦树，向四周看着、嗅着。幸好快快已经逃得无影无踪了。那家伙没有捉到松鼠，气呼呼地走了。过了一会儿，快快爸爸跳到了家人们躲藏的那棵树上，气喘吁吁地说："它追了我整个森林那么远，我差点遭了它的毒手。"

快快爸爸累得上气不接下气，都能从它金黄色的皮毛下看到剧烈跳动的心脏了。妈妈安抚着它，使它平静下来；孩子们亲昵地贴着它蹲下。烨烨还用它小小的脚爪递给爸爸一颗大大的松子。

快快从树顶跳下来也不会摔伤，多亏它的尾巴……当它跳下来时，只要撑开尾巴上的长毛，就可以像生着翅膀那样安全地降到地面上了。为什么松鼠要常常清理自己的尾巴保持干净，让尾巴的长毛蓬松又轻盈呢？原因也就在这里。不然，这绝妙的尾巴不仅不能减缓下降的趋势，反而会起到牵引下坠的作用，使可怜的松鼠摔死。所以，松鼠宝宝们上的第一堂课，就是要让尾巴蓬松。

松鼠宝宝们在小时候只认识自己居住的大树。它们在树枝间快活地跳来跳去，还会学习啃松球。起初，自己是啃不好的，因为啃松球不是一件容易的事情。要啃得干净利落，从上到下，不遗留一粒松子！

翎翎不太有耐性，它往往只咬下一两粒就把整个松球扔掉了，以至于橙橙妈妈不得不严厉地教训它要爱惜东西。翎翎经过努力，总算学会了啃松球的技术。当它第一次把一个啃得很干净的松球拿给妈妈看时，大家都祝贺它的成功。

翎翎、风风、淘淘和烨烨都很爱自己居住的大树。它就像一个大城市一样。树皮下生活着千万条小虫，而离快快一家的巢下不远的那个树洞，就是啄木鸟的巢。啄木鸟整天用它的嘴敲着树皮找虫子吃，总是能听到它敲击树干的"笃笃"声。

经常有些陌生的来客来访问这棵大树，比如各种鸟类和五颜六色的蝴蝶。有时候，傍晚还会飞来眼睛滴溜圆的大猫头鹰。它往往只停留一会儿就飞走了。树根边，有两只野兔挖的地洞。

森林里有无数棵这样的树，可松鼠宝宝都认为它们住的这棵是最好的。它们朝下望，就能看到地面上有许多红色的香菇，周围点缀着柔嫩的苔藓，还可以看见草莓的新叶和那金子般的金雀花。

遭遇危险之后的第二天，正是四个孩子出生整八周的日子，快快家里可热闹了。小松鼠出生满八周后就可以跟着大松鼠爬树了，而且成年松鼠能做的所有事情，它们也都可以做了。这一天，快快一家过得非常愉快！

淘淘跟妈妈赛跑，赢了妈妈。风风特别喜欢从树上跳到地上，它先在一根枝条上荡来荡去，然后一跳，唰！它已经跳到地面啦。它张开尾巴，回到树上继续跳，跳了好多好多次……

烨烨则正好相反，自负的它不愿往地上跳，而是从这棵树跳到那棵树，但绝对不离自己的巢太远。

翎翎呢，它跑着、跳着、爬着，从森林的这头到那头。在它的眼里，一切都很新鲜，它要用自己的小嘴来感知一切。它吃了好多松子，一直玩到晚上才回到巢里。它在一棵老橡树底下找到一个美丽的香菇。它的兄弟和妹妹打量了这个棕色的香菇半天，直到妈妈把它钉在一根树枝上说："等太阳晒干了它，我们就把它吃了。"从这天起，快快一家就开始全体出动找香菇了。

翎翎、风风、淘淘和烨烨，这四只小松鼠一生中最快乐、最美好的日子也正是从那时候开始的。它们跑遍森林，在林间空地上互相追逐，那里覆盆子已经开始成熟，小松鼠们津津有味地吃着这些美味的浆果，连松子都忘记了。它们晒着太阳，在树顶上别的动物遗弃的旧巢里休息，常常发出幸福的尖叫……

一天下午，它们正聚在离巢不远的一棵枞树上玩耍，忽然听到妈妈发出"杜克、杜克、杜克"的叫声。孩子们都很清楚这种叫声是什么意思。它们知道危险来临了，连忙平躺在树枝上，一动不动。

它们听到了一阵沉重又规律的大脚步声和轻轻的小脚步声。随后，四周又突然安静下来。

守林人和他的孩子来到它们住着的枞树底下，停步站在那里。

　　翎翎忍不住偷看他们。这片森林里从来没有出现过这样大的动物。尤其奇怪的是这两只动物都是用两只脚走路的，在翎翎看来这实在是太滑稽了。为了能更清楚地看到他们，它站起来，小小的脑袋探到了树枝下。就这样，可怕的灾难降临了。

　　那守林人飞快地举起枪，瞄准了翎翎，手指扣下扳机。翎翎立马感到自己的右腿上传来一阵火辣辣的疼痛，它失去平衡，跌到了地面上。

　　翎翎想爬起来逃走，可是它受伤的腿不听它的使唤了。在它恢复神志前，大动物（守林人）已经把它捉在手里了，而那个小动物（守林人的孩子）在蹦蹦跳跳地欢呼着。

　　翎翎快要被吓死了，可是它心里明白，这两只奇怪的动物将要把它带走，带到很远很远的地方，它可能再也回不到它出生的那棵老树了。

　　它苏醒之后，才发现自己被关在了一只小铁丝笼子里。周围再也没有那棵老树，也没有草莓叶子和流淌的小河了，它忧郁极了。

　　此时的森林里，妈妈、爸爸、凤凤、烨烨和淘淘逐渐从恐惧中平静下来。它们对失去翎翎这件事感到非常悲痛。尽管翎翎这孩子很不听话，既好奇又贪吃，整天在森林里游荡，把每个洞穴都探遍了，但它到底是它们的亲人啊！再说了，它是多么活泼的一个孩子啊！

　　爸爸在大家的哭声中说："我们得搬家了。守林人多半已经认出了我们的巢，这里已经不再是安全的居所了。"

　　它们留恋地看着一家人居住的大树。它们在这里度过了最幸福的日子……爸爸站起身来，纵身一跃，跳到旁边的树上。它身后跟着妈妈和三只小松鼠。

　　快快一家开始寻找新家了。

　　它们跳着，不停地跳着。最娇小、最瘦弱的烨烨有些跟不上它们了。它落后了一大段距离，差点哭出来。妈妈看着，觉得难过极了，它停下来等烨烨赶上来。烨烨追上妈妈后，妈妈一把揪住了它的脊背，用嘴衔着它，继续赶路。

　　直到它们到达了森林的边缘，爸爸跳到一棵有洞的老橡树上，在一个巢旁停了下来。这里是它结婚以前住过的地方。孩子们很喜欢这里，立马想到附近探索一下。但它们赶了太长时间的路，已经很累了，只好先去睡觉。第二天早上天刚亮，爸爸就带它们去四处走动了。它们只跳了四下，就来到了一块绿绿的大草地上。小松鼠们特别高兴，在那里互相追逐着。可是，它们玩了一会儿就停了下来，原来它们看到了一条河。它们惊奇地望着它，因为它们以前从来没有看见过这样宽广的河流。

　　最奇怪的是河水还在不停地流动……小松鼠们觉得，它们肯定没法渡过这条河，这可不像在地面上行走那样容易。这条河流看上去太危险了，它们感到害怕。

　　结果，一件令它们诧异的事情发生了。它们的爸爸一下就跳到这条清澈的汨汨流淌的河里，但它并没有被河水带走。它在水里用力游着，像一支箭那样，笔直向前；孩子们还没来得及平复一下受惊的心情，爸爸已经游到对岸了。它在岸上抖动着身子，然后躺下来，让太阳晒干身上的毛。

风风、淘淘和烨烨对于爸爸有这么一手绝活感到很骄傲。它们认为爸爸非常不一般，因为它懂得游泳呀！它们马上感到自己应该像爸爸那样，于是，它们三个齐刷刷地跳到了河中。河水很清凉，小松鼠们尽力浮在水面上。虽然游得不像爸爸那样又快又好，可是它们还是在游着，最后也游到了对岸。它们躺在爸爸的身旁，觉得幸福极了。

它们四周有许多陌生的树木，比它们居住的森林里的那些树更矮小些，树上生着圆圆的嫩叶，叶丛中藏着的那些特别的果子——既不像松树上的球果，也不像山毛榉的果实，更不像橡子——那其实是榛子。

小松鼠们对这些东西非常好奇。它们虽然从来没有尝过，但它们觉得这些东西一定特别美味。

这时，爸爸站起身来，理了理身上的毛，把尾巴毛弄得蓬蓬的，然后跳到旁边的一棵树上去。小松鼠们想跟着它上去，结果它们还没来得及行动，面前已经有许多爸爸扔下来的果子了。三只小松鼠立马用前爪拣了几颗，坐着吃起来。它们先揭去外面的绿皮。绿皮一揭开，里面是一层棕色的壳。它们用牙齿咬破了它，找到一粒果仁，那果仁飘着一股令它们流口水的香味。它们尝了一下，想知道果仁是什么滋味。

哎呀，这是它们到目前为止吃到过的最美味的东西了。它们还没有吞下果仁，就已经各自躲在一棵小树上，只听得一片咬碎果壳的咔咔声。

它们吃得饱饱的，然后跟着爸爸回家去。回去的路上，小松鼠们渡河好像比刚才容易得多了。每只小松鼠的小嘴里都衔着一枚果子，这是跟它们的爸爸学的。

快要到达它们居住的橡树时，爸爸停住了。它在一簇荆棘丛下面刨出了一个小坑，把嘴里的榛子放下，并在上面盖上泥土和松针。小松鼠们以为这是一种游戏，也学着爸爸把自己带来的榛子藏在地里。

但这并不是游戏。快快爸爸是一只聪明的松鼠，它知道，榛子成熟就意味着天气将渐渐变冷，太阳升起得越来越晚，落下得越来越早，森林里将会起风；再过一段日子，就开始下雪了。白色且柔软的雪非常冰冷，它下着下着，就覆盖了整片土地。去年快快已经见过这样的情景，知道到了那个时候，森林里很难找到松鼠所需要的食物了。所以，快快一家像所有那些具有先见之明的松鼠一样，开始动手储藏食物。它们的树洞和旧巢里藏着松子、山毛榉果、榛子和香菇，食物在这里很好地保持了干燥。它们一吃完饭就开始工作，把各种各样的食物藏在或埋在灌木底下和石头底下，整个森林里有许多它们安排的储藏室。

开始刮风了，河水也变冷了。榛树的叶子开始枯黄凋谢了，三只小松鼠已经长得和爸爸妈妈差不多大了。

当快快一家在森林里欢快地跳来跳去储备粮食时，翎翎正待在笼子里忧愁呢。它倒是一点也不用操心食物的问题。那个叫小让的小孩每天早晨都会给它送来松子、榛子和清水。它还给翎翎做了一个小小的秋千架。可是，这东西比起落叶松或枞树的枝条可差远了！只有在那片森林里，翎翎才能尽情地荡来荡去啊！翎翎知道自己忘不了森林里的那些树……哦，不过小让是个温柔的孩子，常常对它微笑。翎翎差不多开始对他有好感了。可是这个人类的孩子一点也不像松鼠，完全不像翎翎家人那样轻灵敏捷，他生得那么大!

这就是翎翎的想法。有一天，小让忘记关好笼门，翎翎看到洞开的门，就慢慢地探出头去，它左右望望，发现没有人。呼！于是，它就跳出了笼子。呼！它跳到窗台上了！呼！呼！呼！它跳到了花园里！呼！它跳到了矮墙上！

尽管因为腿受伤，它走起来有点一瘸一拐，可是它还是不顾一切地向前方蹦跳着。它尽情地跑着跳着，已经远离了笼子，到了森林里。它来到从前住的巢，发现巢里空荡荡的，它的家人已经不在里面了。翎翎见了空巢很伤心，可是它一想起自己又回到了森林，恢复了自由，就乐得跳起舞来，并且像疯子似的尖声叫着。

第二天，快快、橙橙带着小松鼠们在林中空地收集最后一批松子。它们干得很专心。忽然，妈妈抬起头来，吸了几口空气，接着惊呆了。离它们不远处，来了一只漂亮的大松鼠，它的毛色好像火一样。橙橙叫了一声，那只陌生松鼠回答了一声。它跳了三跳，快快它们发现它有一条腿是瘸着的。

大松鼠对瘸腿倒是满不在乎，它眼里闪出愉快的光，又跳了一跳，更加靠近它们。这时，妈妈喊了起来："这是我们的翎翎呀！"于是，它们立即围住它，用嘴碰碰它，发出低低的叫声，接着快乐地跳起舞来。妈妈和爸爸感到非常幸福，就像回到了小松鼠们刚出生的那一天。

就在第二天，天空开始下雪了。从天上慢慢地、慢慢地落下白色的雪花，那些刚长大的松鼠们非常新奇地望着它，这是它们出生以来第一次见到下雪。雪愈下愈大了，不久，白色覆盖了整片森林。翎翎、凤凤、淘淘和烨烨都忧郁地思念起了太阳、青草和花卉。

但它们都知道，这个世界不会一直这样冷下去，一直这样一片白。它们知道春天的阳光将重新照耀森林。春回大地时，草木将重新呈现一片绿色……

它们紧紧地蜷缩在一块儿，抵御着寒冷，安静地睡着了……

（吴凯松　编译）

鲨鱼的名片

海洋霸主

　　长久以来，人们谈论起鲨鱼，大多充满恐惧，可以说是"谈鲨色变"，因此，鲨鱼在民间也有"海中狼""海中霸"这样听上去颇为狠辣的称谓。究竟是鲨鱼的哪些特点导致我们害怕它呢？鲨鱼真的像我们以为的那般凶恶吗？

　　首先，鲨鱼的整个身体呈纺锤形，所以它们在水中游动的速度非常快。其次，鲨鱼的嗅觉十分灵敏，它们的鼻腔中密集地分布着嗅觉神经末梢，体形较大的鲨鱼甚至能够嗅到数千米以外的生物，当然这里指的是受伤的生物。最后，最重要的是鲨鱼拥有锋利无比的牙齿，可切割、撕扯、压碎猎物。对猎物来说，鲨鱼的牙齿是令它们胆寒的武器。该怎么描述鲨鱼牙齿的锋利程度呢？举个例子，鲨鱼的牙齿可以非常轻松地咬断手指粗细的电缆。

不过，并不是所有鲨鱼都这么凶狠，事实上，真正可能伤人的鲨鱼仅有20多种，其中最为凶猛的只有3种。鲨鱼伤人的事例也不多，而且多数情况下，鲨鱼并不会主动攻击人类。

比恐龙还古老的生物

鲨鱼是一种古老的鱼类，从出土的鲨鱼化石看，早在恐龙出现的约3亿年前，鲨鱼就生活在地球上了。它们的祖先是被称为棘鱼的鱼类，看起来比较像小鲨鱼。

在漫长的历史中，鲨鱼经过自然选择，有的种类消失绝迹，而现存的300多种鲨鱼仍存在物种的脆弱性，如生长慢、性成熟迟，每两年繁殖一次，而且繁殖率极低。再加上人类对鲨鱼滥捕、滥杀，导致鲨鱼种群数量急速减少。

海洋生态平衡的维护者

大多数鲨鱼都是肉食性的，只有极少数鲨鱼，如鲸鲨和姥鲨以浮游生物为食。

肉食性鲨鱼两颌发达，下颌收缩肌强，牙齿锋利，咬合力强，所以它们可食用的生物种类非常广泛，有软体类动物、甲壳类动物、大型鱼类以及海生哺乳动物等。

可以说，鲨鱼这一"海洋霸主"在海洋生态系统中位居食物链的最顶端，对维护海洋生态的平衡起着至关重要的作用。

"行走的药库"

鲨鱼一身都是"宝物"，说它是"行走的宝库"大概并不为过。

科学家们在鲨鱼的血液、内脏、软骨甚至体表都成功分离出生物活性成分，这些生物活性成分可以广泛地应用于抗肿瘤、抗炎症、抗病毒、降血脂、治疗视力及听力疾病等方面。

1937年科学家就发现了鲨鱼肝提炼的鱼肝油含有丰富的维生素A，其含量超过鳕鱼肝10倍；20世纪90年代，人们发现从鲨鱼软骨中提取的软骨素可以抑制癌细胞生成；从鲨鱼软骨中提炼出的软骨素与从牛皮中提取的胶原纤维结合，可以制造出人造皮肤薄膜……

然而，在生物医药领域的杰出贡献导致鲨鱼种群数量锐减。由于鲨鱼的食用和药用价值，以及由此而来的巨大经济价值，人类曾对鲨鱼进行过残忍的滥捕和滥杀。近年来，很多国家已经禁止加工生产鲨鱼翅并终止了相关贸易活动。

我国南海鲨鱼资源丰富，种类又多，广东省有关部门于2001年将鲸鲨、姥鲨列为水生野生动物重点保护物种。

中外动物小说精品（升级版）

沈石溪等 著

动物小说大王沈石溪荣誉奉献

被放逐的狮王

沈石溪 著

狮王因衰老被赶下台，流浪草原，自食其力。它结识了一群"流浪汉"，并且同这群老狮子、小狮子一起斗野牛，猎长颈鹿……

复仇的熊王

沈石溪 著

哈德森从冰屋里走出来，突然被眼前的一个异物惊呆了——北极熊！可是，最终威风凛凛的北极熊王死了，哈德森也死了，两者都冻成了冰块……

猎豹绝唱

沈石溪 著

一头巨大的美洲豹饥饿难耐。在途中，它发现了人的踪迹，正当它绞尽脑汁要捕猎时，一头美丽的雌驯鹿出现了……美洲豹将会有怎样的命运呢？

猛虎报恩

沈石溪 著

一场森林大火使母虎春阳失去了妈妈，多亏了守林人相救，它才死里逃生。现在，母虎春阳又来到守林人的小屋前，春阳还会跟当年的救命恩人相认吗？

中外动物小说精品（升级版）

沈石溪 等 著

动物小说大王沈石溪荣誉奉献

野马传奇

汗血野马本打算放下对人的仇恨，与世无争，但为了救出心爱的妻子，它不得不放弃妥协。最终，汗血野马做出了一个出人意料的举动……

雪国狼王

狼王巴尔托是野狼与家犬的后代。一次巧合，它意外归顺了人类，成为一只出类拔萃的雪橇犬。它凭借卓越的智慧与勇气，赢得了一个国家的赞誉……

忠诚的狮子狗

一次，贵妇人的儿子偶然发现了狮子狗阿尔多，便想据为己有，但狗主人老爹和他儿子谢尔盖坚决不卖。扣人心弦的故事由此展开……

悲情豺母

豺狗妈妈不听豺狗族长的警告，把四只狼儿当成自己的孩子。一天，一头老狼告诉大狼儿，豺狗妈妈就是杀死它们亲娘的凶手，大狼儿该怎么做呢？

中外动物小说精品（升级版）

沈石溪等 著

动物小说大王沈石溪荣誉奉献

霞谷山鹰

沈石溪◎著

山鹰哥哥被咬身亡。山鹰弟弟已成出色的猎手。然而，外来鹰渐渐占领了霞谷，在一场争夺兔子的大战中，一只山鹰消失在霞谷……

丹顶鹤悲歌

沈石溪◎著

一次练习飞行时，丹顶鹤艾美丽的孩子的翅膀被电线拦腰折断。又到了迁徙的时候，艾美丽没有飞走，丹顶鹤一家的命运会如何？

荒园狐影

沈石溪◎著

一对红狐误入运水果的货车，无意间被绑架到了遥远的江南。然而，人类无情的追捕又迫使它们冒险遁入一个百货大楼的顶棚……

牧羊狗将军

沈石溪◎著

牧羊狗的头儿帮助牧羊人与欺侮羊群的凶禽猛兽周旋搏斗。在一次牧羊归途中，羊群突遭豹子的袭击，人和狗合力拼搏，终于战胜了豹子。然而牧羊狗却……

中外动物小说精品（升级版）

沈石溪等 著

动物小说大王沈石溪荣誉奉献

猎犬之魂

当猎犬的母亲在糊涂中咬向主人时，猎犬暴雪竟然为了保护主人而扑向母亲。暴雪成了丛林野狗，它虽然活着，但灵魂却永远孤独地在荒野中游荡。

鬼脸獒王

当藏北高原发生地震后，雪獒森格用自己敏锐的嗅觉找到了废墟下的小主人，用自己庞大的身躯为小主人撑起生命的蓝天……

单臂猿的末日

单臂猿十分弱小，被大猿和猿首领欺负。饲养员老莫让单臂猿成了猿群中的明星。老莫外出遇车祸身亡，单臂猿又被猿群欺负，单臂猿临死还等着老莫来救它呢……

绝境血狼

在猛犬训练基地，一只"流浪狗"竟然打败一头训练有素的狮子。失忆的"流浪狗"被月亮唤醒了，原来自己就是那头叫霆的年轻公狼。